16	3	2	13
5	10	11	8
9	6	7	12
4	15	14	1

CHICO LOPES

O ESTRANHO
NO CORREDOR

editora■34

EDITORA 34

Editora 34 Ltda.
Rua Hungria, 592 Jardim Europa CEP 01455-000
São Paulo - SP Brasil Tel/Fax (11) 3816-6777 www.editora34.com.br

Copyright © Editora 34 Ltda., 2011
O estranho no corredor © Chico Lopes, 2011

A FOTOCÓPIA DE QUALQUER FOLHA DESTE LIVRO É ILEGAL E CONFIGURA UMA
APROPRIAÇÃO INDEVIDA DOS DIREITOS INTELECTUAIS E PATRIMONIAIS DO AUTOR.

Imagem da capa:
Desenho de Alberto Martins, 2011

Capa, projeto gráfico e editoração eletrônica:
Bracher & Malta Produção Gráfica

Revisão:
Alberto Martins
Isabel Junqueira

1ª Edição - 2011

CIP - Brasil. Catalogação-na-Fonte
(Sindicato Nacional dos Editores de Livros, RJ, Brasil)

	Lopes, Chico
L651e	O estranho no corredor /
	Chico Lopes — São Paulo: Ed. 34, 2011.
	128 p.
	ISBN 978-85-7326-477-7
	1. Ficção brasileira. I. Título.

CDD - B869.3

O ESTRANHO
NO CORREDOR

1

O primeiro desenho incerto que lhe saíra era só este: um homem alto, sua silhueta, seus contornos, que depois, aos poucos, fora enchendo com o preto da hidrográfica. A totalidade do tipo, enegrecido, repleto, preciso, o satisfez momentaneamente. Rasgou o desenho e passou para o caderno de anotações. Pensou um pouco, porque já o rosto feminino — o que se impunha sobre todos os outros, em sua lembrança — lhe aparecia. A tia.

Cartas para ela, escrevera poucas, mas era necessário tranquilizá-la, porque, por algum motivo, se ficasse muito inquieta por lá, ele se sentiria propenso a voltar só para esclarecer-se e, assim, continuar inteiro, aprovado por aquele olhar — como se a calma dela fosse a garantia de que seguisse coeso, de que não se despedaçasse.

Escreveria — nada que o satisfizesse; como sempre, imolava-se aos desejos, aos melindres dela. Nunca diria que não estava exatamente bem e era atormentado por uma coisa sobre cuja natureza incerta seria inútil tentar explicações. "A senhora não precisa ficar se agoniando de saudades, como diz: eu pretendo ir para aí numa oportunidade que acho que está cada vez mais próxima; na ocasião, aviso."

Claro que não iria, seria melhor não ir, tampouco diria do malogro que fora procurar o nome indicado por ela, para que conseguisse um emprego. Desiludi-la? Ela acreditava ter, de sua terra, um poder que poderia se estender sobre cada um de seus passos, mas, desde que ele saíra de lá, tudo que tinha a ver com ela e com a cidade tornara-se de uma insignificância cada vez mais patente e melancólica, de tal modo que lutava por preservar aqueles traços, aqueles desígnios, para não desentender-se completamente com o que supunha ser a sua identidade.

Revia a mulher em sua cabeça, parecia-lhe poder tocar seu xale, trazê-la — com um certo movimento de evocação, bastando para isso usar as palavras apropriadas — até ali, onde meditava, mas, ainda que o conseguisse, revê-la era também desiludir-se, sentir-se obrigado a pedir desculpas por algo que não estava certo de ter feito. Ela pediria para olhar as suas mãos, com um olhar de quiromante, e olharia para aquelas linhas com cuidado. No entanto, nada de anunciar futuro — o exame concluía com conversa de outra espécie. Mandaria que ele as lavasse. Bem, bem, esfregando muito — ele quase que se arrancava a pele — e não economizar sabonete — aquele, barato, verde-claro, que o mandava comprar no armazém. "Mas, estou limpo, tia. Não peguei em nada..." "Nunca se sabe", murmurava ela.

Parava de escrever para ir à janela, olhava para a rua, um cigarro. Chuva. Embora sábado, tinha um número de aulas a cumprir na escola, até duas da tarde. Lá na frente, dona Graça ouvia o trecho mais popular da *Patética* de Tchaikovsky, na certa chorava baixinho. Passava disso para aquela melodia de Ketelbey que lembrava jardins com pássaros e chafarizes, tudo abusivamente doce. A velha, com sua mania de chorar, se achava uma "alma elevada" (ultimamente, dera para o Espiritismo), falava de seu passado de atriz (um de seus orgulhos, a fotografia ao lado de Jardel Filho e Cacilda Becker), e, bem, depois houvera Conrado, que lhe oferecera uma vida mais decente, mas morrera de tuberculose em Campos do Jordão. Havia um filho — depois que se casara, nada de aparecer, pouco lhe telefonava, só para perguntar de precisão de remédio, de alguma doença, e, assim, era preciso sempre lamentar a existência daquela nora — uma mulher cujos olhos verdes ela descrevia como ofídicos, "enorme duma cascavel, arrancou de mim o meu Conrado Júnior".

Ela tinha sobretudo aqueles discos, coleções que comprara remotamente, pilhas das quais ia lhe exibindo um nome de maestro, outro de compositor, capas com pares valsando, buquês de muitas flores de cores vivas, salões vienenses, o que fosse. Que ele olhasse: nenhum risquinho, dá para ouvir como se tivessem sido comprados ontem, fui sempre muito caprichosa, meu querido. "Muito bom, dona Graça. Gosto muito de música clássica também." Ele pensava em qualquer coisa que talvez fosse um trecho de um movimento da *Terceira sinfonia* de Brahms. Para ela, isso significava trechos exauridos das grandes obras, trilhas de cinema em versões simplificadas, Mantovani, Billy Vaughn, Frank Pourcel, qualquer coisa "romântica e orquestrada".

A chuva. Sentia-se prisioneiro de um romance repleto de clichês da melancolia. Reagir. Apagou o cigarro. Era horrível, de uma marca barata, a única que andava podendo comprar. Não, outra vez a *Patética*. Ela poderia poupá-lo disso, mas, convinha não contrariá-la: em nenhum outro lugar acharia cômodo de fundos tão confortável, com direito a "uma comida caseira temperada com ternura", como ela dizia, a um preço tão razoável, quase filantrópico.

Suportar. Terminar a carta. Esse trecho de Tchaikovsky servira de fundo nobre para uma cena de *Pensão das devas-*

sas, que ele vira no cinema do centro — aquela em que a loura, chorando pela perda do chofer de táxi que amava, praticava *fellatio* em dois homens, close dos olhos encharcados enquanto a boca agia eficaz.

Passaria pela frente para ver se a velha queria alguma coisa da cidade. Pegar o ônibus, parar no centro, ser um pouco mais furtivo. Pôr a carta no correio. A escola. O bar.

2

— Nervoso, teacher?

— Não, impressão tua.

— Me parece muito nervoso. Cruz, mais uma! — Russo chamava o dono do bar, recuava satisfeito na cadeira e se dava uns tapinhas na barriga que rompia a camisa; olhava para ele, pressentindo um relato de azar, mancada ou tristeza com que deliciar-se: o que tinha de mais desagradável era essa incapacidade de esconder o prazer que sentia com os fracassos alheios. Não saía das imediações da escola, o bar logo ali, pegado a uma lanchonete aonde os professores iam à tarde, e tinham se conhecido havia poucos meses.

Fora no banheiro, quando o sujeito chegara para urinar perto e ele se virara, escondendo o óbvio, já inibido e incapaz de verter gotinha, furioso por estar tolhido e o intrometido achar isso engraçado. O filho da puta era risonho e se aproximara mais ainda, dando uns passos avante, encostando, fazendo-o recuar, recuar, mas havia o limite bem preciso de uma parede suja, esverdeada por infiltrações, e, parede, parede, parede, olhar acuado, garganta seca, urgia achar uma saída, fazer de conta de que essa abordagem não era com ele — como se houvesse mais gente naquele canto mínimo onde, no máximo, mijavam dois —, sem coragem para enfrentar esse desgraçado que tinha obviamente mais músculos que ele. Não tinha mais para onde fugir, apavorado, como reagir, como repelir um vicioso determinado daquele jeito? Quando acreditava que, literalmente, teria que erguer os braços, render-se, deixar que fizesse o que quisesse daquilo que ele escondera o quanto pudera esconder, o tipo começou a rir, rir descontroladamente, batendo em seu ombro e garantindo que, rapaz, não precisava ter medo, era só uma brincadeira, não tinha o menor interesse por essas coisas, que diabo, "não sou *do ramo*, que é isso? fica frio, compadre".

Desconcertado, não sabia para onde olhar, o que dizer. Ele arrastou-o para fora do banheiro, controlando a hilaridade, empurrando-o para o balcão. Esperou que se tranquilizasse, que tomasse bom fôlego, não voltou ao assunto e disse o que achava da gente da lanchonete ao lado, "fecal e burguesa", pedindo fogo e relatando uma agrura que passara na noite anterior, com a polícia. "Juro, os putos iam me espancar, mas um deles lá me reconheceu, um cabo, bicho da noite, sabe — a gente até tinha comido a mesma mulher. Casada." — E ria. — "Carvalho, sei lá. Me tirou daquilo. Bom sujeito." Queria assegurá-lo de sua virilidade, do companheirismo bem normal que tinha a oferecer, contara que costumava fazer a brincadeira com desconhecidos pelos quais se interessava — para descontrair, sabe? para ter alguém com quem conversar, achava uma merda ficar sozinho.

— Não tem medo?

— Medo de quê?

— Tem gente sem senso de humor, que pode interpretar mal. Se eu fosse de briga, tinha te dado umas boas porradas. Se encostar daquele jeito, tenha dó! É bem esquisito.

— Não me acontece muita coisa. Mas uma vez, peguei um tipo assim como você, morto de medo, de constrangimento, e ele foi ficando tão recuado, tão desesperado, que começou a chorar e me abraçou, me abraçou, e disse "faz o que quiser, querido, porque eu sempre quis, mas tenho medo. Vai devagarzinho". Quando o soltei e expliquei, rindo, ficou desapontado. Mas, não quis acreditar, chegou a se ajoelhar, a pegar aqui com uma força que não era brinquedo. Tive que dar uns tapas na mão dele, e, mesmo assim, não largava, implorava, implorava. Negócio sinistro.

Era difícil não notar uma ponta de orgulho nesse relato — era como confessar algo que a um só tempo fosse repugnante e conferisse vanglória; na certa considerava, embora nunca fosse admiti-lo, que havia uma patente superioridade em ser tomado por parceiro atraente, bem-dotado, ativo, e queria era exibir a sua masculinidade desejável e intacta com isso: era a um só tempo a defesa de um princípio de honra e uma certa disponibilidade para ser venal, uma propaganda velada para atos que talvez, em outras circunstâncias, tivesse que praticar, numa mistura de prazer e necessidade, a segunda parecendo-lhe suficiente para mascarar o primeiro. Exorcizava pela brincadeira sádica um perigo cujo fascínio o mantinha sempre por perto.

Por que aceitara uma companhia dessas? Não gostava de confidências assim tão rápidas, não queria amigos, bastava-lhe conhecer os tipos da escola, dona Graça, a reclusão do cômodo dos fundos; não estava na capital senão para trabalhar, "tia, pode ser que eu fique, ganho razoavelmente, não faz sentido eu perder minha vida aí...".

Russo tinha as unhas sujas, roupas engorduradas. Os olhos eram miúdos e desconfiados, buscando todo e qualquer movimento significativo ao redor com uma malícia e uma experiência a que não faltava um profundo fatalismo. No mais, dava uma impressão de complacência beatífica, sempre com preguiça ou um pouco dopado, sempre acordando tarde para aparecer no bar com a cara recém-lavada e seu cigarro na boca, nenhuma preocupação com trabalho definido, limpando as orelhas com palitos de fósforo, cantarolando uma canção ao gênero "Andança" que uma vez inscrevera num festival de música popular do interior e que lhe dera um quarto lugar, glória para toda uma vida — "também vi uma vez, numa rodinha, adivinha quem? Milton Nascimento, e ele achou que eu era bom de violão". Mas havia muitos anos não compunha, alegava ter esquecido o pouco que aprendera de música, detestava o nome verdadeiro que estava gravado sobre o troféu recebido no festival, "favor não me perguntar, não me olhar documento, viu?" — o apelido lhe viera de uns bons anos de fervor marxista e, agora, adepto de partido nenhum, nada que remetesse a ideologias políticas o interessava — "se é para ser puto, há opções mais divertidas". Um rosto mais para quadrado, capaz de caretas elaboradas, mas agradável, não mais. Umas mechas de cabelos brancos. Explicava: "Comecei a ficar grisalho cedo demais...". Encontravam-se todo dia.

A cerveja. Cruz olhava para um e outro com impaciência, Russo garantia que pagaria uma conta atrasada, era só questão de vender um carro, estava por pouco, e o dono do bar pareceu resignar-se, arranjou um pano e embebeu em desinfetante para fazer reluzir o balcão.

— Você anda nervoso. Já te conheço bem, teacher.

— Uma cisma. Besteira minha.

— Sendo perseguido, boneco? Cara de bicho empurrado contra a parede, manjo isso. Já tive um detetive me rondando... — lembrou-se, orgulhoso. — Eu estava com uma dona de grana, a mais rica que me apareceu. O marido queria saber, a velha história. O detetive acabou frequentando aqui. Era um bosta, um incompetente, e me garantiu que comia a dona também. Que você acha que isso virou? O corno continua com ela, o detetive deve ter sido substituído, sei lá. Nunca vi mulher tão desesperada por um pau — você bobeou, ela sorve tua alma toda por ali. Parece que agora só dá em cima de garotos bem novinhos. Ela deve achar que tanta porra jovem lhe garante juventude eterna. Peruas tenebrosas... Você vai para o shopping à tarde e circula um pouco, fica exposto, espera. Aparecem, gulosas. Não falha. Não fiz, passei da idade, claro — acho que o limite é 25 anos, mas elas vão sempre procurando gente mais nova, parece doença, nada sacia. Conheço quem faz e cobra em dólar.

— Não me meto com essas coisas.

— Com que se mete, hem, brother? Muito misterioso, você. Me conta.

— Bobagem, nem vale a pena... — engolia a cerveja, divertindo-se com a decepção mal disfarçada do outro. Lembrava, lembrava, distanciando-se daquele rosto bisbilhoteiro. Longe, lembrava: um sino tocando para um ofício da igreja perto de sua casa, galinhas empoleirando, o cheiro de goiabas, muitas, apodrecidas, cobertas de mosquitos e abelhas, o doce de laranja na mesa, na tigela tampada, a vizinha que cantava o "Ave Maria/ dos meus andores/ rogai por nós, os pecadores", um voo de maritacas batendo em retirada. Lembrando, concluía que qualquer coisa que dissesse seria inútil, uma traição, uma fuga ao que sentia. A beleza que era sua, só sua, como lhe falaria dela? Por um momento, movido por alguma parte daquelas lembranças ou pelo olhar do amigo — havia um quê de doçura naquela cara sempre mais para gozadora, bélica, digna de plena desconfiança, e talvez aquele desclassificado gostasse dele com algum afeto lá a seu modo oblíquo —, baixava a guarda, sentia um bem-estar sem motivo claro que o afrouxava, que o fazia repassar coisas decididamente perdidas. Eis um doce de carambola em forma de estrela que uma mão feminina lhe traz, numa tarde em que sente febre, tem os olhos grudados de conjuntivite e não pode sair da cama; muito mais que melado, o doce chega a lhe arder na garganta, mas a mão, a seguir, cobre a sua testa, avalia a sua temperatura, solta um suspiro de preocupação e a isso se junta um canto amarelo de parede onde há um pequeno quadro com uma fotografia de revista com um rosto que talvez seja o de Libertad Lamarque; ele lança a mão em busca dessa mão que pousou na sua testa, mas não há nada ali, e a voz da tia já se impõe, já seu rosto aponta na porta do quarto, eficaz e despachado, pouco dado a ternuras com "doentinhos"; ela manda a mulher sair e toma o seu lugar, agastada. Usurpadora, nunca seria a mesma coisa, apesar dos afagos.

A voz de Russo, abrupta, tirava-o dessa lembrança, e, abrindo bem os olhos, recuperava a vista presente do bar, Cruz andando para aqui e ali, apanhando uma vassoura, e o companheiro cutucando: "Com que você anda cismado?".

Quieto, quieto, pensava no desenho rasgado, não queria revelar a existência do homem. No entanto, pensava, e quase temia que Russo lhe visse o tipo ali, como se uma materialização daquelas imagens só suas, interiores, pudesse ser compartilhada contra a sua vontade. O desenho se recompunha e a silhueta muito escura se animava.

De onde vinha ele? Andava pelo centro quando algo soprou em seus ouvidos, com um pequeno arrepio que lhe chegou pelo lado esquerdo da cabeça, que precisava olhar para trás, que era um caso instintivo de fazer isso ou não sobreviver. Ficou todo trêmulo, virou-se com muito medo, e não demorou a avistar uma sombra bem definida. Ele estava lá, olhando-o, medindo-o, alto, sólido, quase blindado, encostado, com uma naturalidade arrogante, a uma porta de uma velha barbearia, espremida entre duas agressivas e atulhadas lojas de importados. Fumava, tranquilo, e o olhava com uma fixidez provocadora, com o despudor de quem examina clinicamente todos os ângulos de um objeto. A pose e o olhar diziam claramente que ele estava marcado. Para quê? Virava o copo. Russo não desistia jamais de uma pergunta, e chegava agora a um extremo — sacudia-lhe o ombro, com bastante força, obrigando-o a reagir.

— Fala, porra, pra que serve amigo? Vai que eu possa te ajudar!

— Você não tem nada com isso. Nem que eu muito quisesse dava pra explicar. Não é um problema grave. Eu me defendo...

3

Russo, quando a vira, dera um assovio e o cutucara
— "Porra, olha só aquilo". Ele rira: "aquilo" era a proprietária da escolinha particular de inglês, loura, catarinense ou
gaúcha, um sobrenome que evocava marca de geleia cara,
olhos muito azuis, parecendo irreais, pintados, boca densa
de batom uva e uma meiga sovinice todo fim de mês, na
hora do acerto de seu ordenado — "Dou metade agora e
terça-feira a outra, querido. O que você quer? pagam tão
mal, esses alunos, sempre atrasando! Preciso contar com
a compreensão dos professores, sabe? — e vou aumentar,
claro, mas por enquanto não, querido, não posso...". Sabia
causar pena, e o marido aparecia com a filha, lívido, desdenhoso, lançando para trás uma franja que lhe caía sobre os olhos, sem olhar para ninguém, a menina mexendo
nos computadores, beliscando as funcionárias, engolindo
um bombom após outro, por vezes trazendo um cãozinho
Yorkshire com fitinhas cor-de-rosa, que abraçava até sufo-
car. Às vezes, o trio sumia por meses, em viagens a pontos
turísticos, e o ordenado saía, parcial e chorado, através de
outra loura, essa falsa, de confiança da patroa. Sempre mas-
cando ou chupando algo, parava de atender e fazer telefonemas, tinha cheques a cobrir, cartões em confusão, credo-
res a dispensar com mentiras langorosas, um sorriso im-

perturbável. Funcionária mais apropriada, impossível; ele a achava o melhor produto, o perfeito exemplo — a celerada que, de cabelo pintado, era talhada para a mais abjeta e adequada subserviência aos mais abonados e para um desprezo completo aos que, estropiados, não sabiam ajustar-se às regras de um mundo regido por um código de cafetões. "No money, no good", o básico, o desesperador, estava na sua cara o tempo todo, servido por um sorriso que sugeria o mais eficiente creme dental. Sorriria até para arrancar seu fígado, a assassina.

— Puteiro, hem, professor?

— Foi o único emprego que achei.

Fora no fim da aula noturna, quando olhava para o cinzento nunca purificado pela chuva insistente de um prédio próximo, que sentira a presença às suas costas, os passos pesados, uma força que vinha em sua direção, alguém que emergia do escuro de um corredor — o homem. Escuro, e a chuva tornando-se mais forte, a outra calçada apenas um véu onde nadavam esparsas letras de néon, rápidos faróis, corpos indefiníveis em fuga, ele arriscou pisar na enxurrada alta e larga, sem medo de encharcar-se, porque temia muito mais quem estava ali atrás, fosse quem fosse; ouviu a mesma pisada na água; o outro corria, e ele procurou refúgio numa confeitaria que tinha apenas uma das portas abertas; entrou e espantou as balconistas, que se preparavam para sair.

— Tirar o pai da forca, esse aí...

— Vai querer alguma coisa? Não tem mais café... — uma figura fatigada suspirou.

— Leite? — perguntou outra.

Ele não sabia o que responder e olhou para fora — a chuva amansara e o vulto não estava nas proximidades. Suspirou, pediu os cigarros com voz baixa, humilhada, e a morena do caixa lhe atirou um olhar de desprezo e impaciência; daí a pouco, as portas eram abaixadas com um rangido que parecia a mais enfática ordem de expulsão, e ele ganhava a rua, chuva só fininha, rumo ao ponto de circulares.

Ia pensando em que estaria implicado para que aquela massa de masculinidade hostil e precisa lhe mirasse os calcanhares. Nada. Em sua cidade, tinha uma vida pouco mais que insignificante, voltada para os discos, livros, revistas, os esporádicos concursos literários, tia Ema e a sua casa, andanças noturnas, ninguém que pudesse considerar um amigo, e nenhum inimigo que se deslocaria para tão longe para prejudicá-lo. Que diabo isso de alguém se interessar por ele, para mal ou bem? Tinha se esforçado, nessa nova vida, para ser a coisa mais sorrateira, microscópica, invisível que pudesse — sendo uma nulidade, suprimindo-se, correria menos riscos em meio a esses desconhecidos todos cujas intenções de vantagem imediata, de proveito o mais cômodo possível, eram evidentes demais, mesmo para ele, com tão pouca experiência de cidade maior. Ou era isso ou mal o olhavam, rapidamente lendo, por suas roupas, sapatos, óculos, jeito franzino, jamais impositivo, a valise simples, o uso de ônibus, que ele nada oferecia, nada era, não merecendo mais que o olhar casual e de passagem que se dá a um pé-rapado esmagado em atropelamento de esquina. O que o espantava era o número absurdo de gente, gente, gente, por toda parte gente, e a sensação de que, toda aquela gente junta, equivalia a nada ou ninguém — absoluta a desolação; um turbilhão tão promissor, reluzente, tantas oportunidades, gestos, rostos, e parecia, ainda assim, a sua cidade nos piores dias, nos mais vazios, quando vagava pela noite sem encontrar uma luz de boteco que fosse, nem mesmo um guarda-noturno a quem pedir fogo ou cigarro, se estivesse a nenhum.

Uma perseguição era um sinal de interesse, um alarme: alguém o havia notado no deserto, tinham-no detectado, inseto de uma espécie diferente, mimetizado entre as pedras. Para quê? Era caso para encolher-se, esconder-se mais, voltar para casa. Só se sentia bem de fato quando, tarde da noite, a quietude garantida do bairro, não mais que uma ou outra tossidinha ou gemido da velha lá na frente, podia pegar em seu caderno de capa dura, o verso revestido de fotos de velhos filmes, recortadas de revistas, e escrever livremente um vago livro de memórias sem prazo definido. Não era justo que o mundo o perturbasse, por mínimo que fosse.

— "O amante de Dona Palma"...

— O quê?

— Deve ser o nome do teu livro.

— Quem foi que disse que eu escrevo um livro? — indignava-se com Russo, deixando cair a valise e agarrando-a rapidamente de volta, como um filho que lhe escapasse.

— Acabou de confessar. Nem precisava. Você tem pinta. "Dona Palma", entende? — mostrava a mão aberta, enfático. — É bom, mas passar a vida inteira nisso, *cinco contra um*, rapaz, que desperdício! com tanto buraco disponível nesse mundo!

— Um deles o teu?

— Não me estranhe, olhe lá.

— Nunca fui atraente para ninguém. Que é que você quer? Salvar minha vida, levantar meu ego? Quanto vai me custar isso?

— Filho de uma puta, só quero ser teu amigo!

— Francamente... — a conversa sobre sexo fizera com que enfiasse as mãos nos bolsos da calça, instintivamente, e lhe reapareceu na cabeça a tia com sua ordem de quiromante que, na verdade, só implicava em que as lavasse, com aquele preciso sabonete verde, barato e de um perfume nauseante. Como as mãos, fortemente enfiadas nos bolsos, roçavam o inevitável, crispou-as o quanto pôde.

Queria evitar o assunto. Inútil: seus embaraços mais sutis, seus recuos e melindres, pareciam constituir o pasto mais farto para as insistências gozadoras de Russo, com faro perfeito para cada uma dessas suas oscilações que poderiam, se devidamente abordadas, fazê-lo revelar-se, cair no ridículo. E ele já começara a falar de uma Carla que o mencionara outro dia, "passou por aqui e me disse que você tem um jeitinho de gente boa, mas, porra, acho que você nem reparou na coitada". Contava, então, de uma pensão de certo bairro, noite dessas o levaria, mesmo que arrastado, "você toma um porre e nem nota onde está enfiando, mas, teacher, é necessário, alivia!".

Era só olhar para Russo e entender o que poderia esperar da pensão; tinha uma cara a que poderia dar-se uns 37 a 40 anos, e, paradoxalmente, era meio juvenil, como se nela ainda lutassem o adolescente e o maduro, não muito mais alto que ele, mas muito mais robusto, uns bíceps que alguém poderia temer, a barriga como seu maior sinal de desleixo, aqueles cabelos parecidos ao de algum galã de telenovela que andasse esquecido — era de imaginar que só pudesse ser querido pelas mais desclassificadas. Mas não parecia aflito; tinha um ar de autoconfiança, gozador e admirado, para as mulheres que passavam, e dava o ar de não importar-se nada com ser repelido ou ignorado em troca. Talvez a bebida e os negócios indefiníveis, com corretagens e viagens curtas para fins nunca muito claros, lhe importassem mais que tudo.

Estabelecera um limite para suas relações — fingia não ver as esferográficas ocas, as giletes, os espelhinhos, os cochichos que ele trocava com Cruz e outros, o entrar e sair de tipos de olhos baixos e gestos furtivos, e o bar era próximo à escola o bastante para que batesse em retirada na hora oportuna. Sentia-se à vontade, apesar das ameaças no ar, porque a insignificância social do sujeito e do lugar era um consolo; não suportava ver homens fortes, altos, talhados para o sucesso e a sedução, obviamente à vontade no mundo injusto e abrindo caminho como se a prepotência lhes fosse um direito natural e displicente, tinha desejos obscuros de revanche ao vê-los passar e muitas vezes, em seus sonhos, depredara suas casas, carros do ano, escritórios e computadores como um herói, um justiceiro tão duro que não hesitava nem mesmo em esmagar-lhes mulheres e filhos. Já Russo, não precisava temer e odiar.

Um dos filhos da puta, fosse quem fosse e que intenção tivesse, quisera assustá-lo ou o quê? Pensou vagamente que podia ter sido tomado por outra pessoa e, num enredo emaranhado, de mal-entendidos, devido à companhia de Russo e à assiduidade no bar, imaginou-se alvo de uma vingança, de um equívoco fatal: sentia-se parecido com alguém culpado de alguma baixeza bem definida, encolhia-se, olhava para os lados, cabisbaixo.

No ônibus, apertou a valise contra o peito, mal olhando para os outros passageiros, incomodado por um bêbado que não conseguira lugar e ia de ponta a ponta, oscilando, agarrando-se às barras, contando tudo que fizera na vida — boiadeiro, caminhoneiro, garimpeiro, *varri este país de merda* —, quase desabando no colo de um ou de outro, os risos nervosos, as gozações, gente que, como ele, refugiava-se na mudez, suportando mal a cena, temendo que degenerasse em algo mais violento; não era incomum tipos assim atacarem alguém, qualquer um, e o cobrador se limitava a olhar severo, com medo. Mas o homem o que desejava era falar, falar. E falava ampla e minuciosamente, para ninguém.

Achara um de seus triunfos na vida da cidade, nos primeiros dias de adaptação, o ter conseguido orientar-se sozinho com os nomes de bairros e números de linhas dos circulares e, alegre, com algum dinheiro para gastar, percorrera muitos trajetos, retornando sempre ao terminal no centro, feito fosse sempre necessário isso — os círculos bem descritos, as referências precisas — para que, aos poucos, fosse se apossando do novo território. Daí, tempos depois, já tinha um ar *blasé* à janelinha, olhando a movimentação urbana como se fosse parte trivial de sua vida, como personagem de filme rodado em metrópole, superior, senhor de si, intimamente alegre como um moleque no domínio de uma engrenagem que, na verdade, inspira medo e pode, a qualquer momento, apresentar imprevistos fora de controle. Assim, precisava não demonstrar ansiedade, não queria que o considerassem um caipira e, portanto, não tomava informações, perdendo-se numa rua e outra, enganando-se de rota, corrigindo-se, sem nunca rebaixar-se, com tremores que não queria que ficassem visíveis; empenharia todos os seus esforços no sentido de que a cidade lhe ficasse natural, insensível até, como se morasse ali há muito tempo, mesmo como se tivesse nascido nela e, para isso, era necessário, de algum modo, imitar personagens de alguns livrinhos de ação e policiais que lera quando menino, aqueles sujeitos que, sem perderem o cigarro no lábio, sem enrugarem um terno, sem entortarem uma gravata, andavam pelas ruas de Los Angeles, San Francisco ou New York com suas pastas e óculos escuros em direção a finalidades muito precisas. Imaginava que os portentos não tinham tampouco nenhuma indecisão, nenhum terror, ao chamarem um elevador, ao enfiarem-se numa galeria de inúmeras lojas, ao urinarem naquelas longas filas masculinas rapidamente organizadas e desfeitas nos mictórios. Tudo que faziam era preciso, elegante, poderoso.

Não viu sinal da presença ao descer e, decididamente, fora um engano estúpido, coisa para ser esquecida. Ao passar pela casa de dona Graça, viu uma luz acesa e ouviu-a como que rezando; dormia cada vez menos, a velha; abriu seu cômodo, suspirou, entrou e sentou-se na cama; a chuva recomeçava, o vento forte balançava um mamoeiro e projetava sua sombra sobre a parede onde pendurara um retrato de casamento dos pais; tia Ema, mocinha, sorria numa fotografia menor, protegida por vidro e emoldurada por laca preta. O mais era um pôster de Brando e Vivien Leigh e um diploma que a tia tivera o cuidado de lhe emoldurar — para nada. Os sons de sapatos, o peso do tipo, excessivo, como as patas de um grande animal saltando a água, não lhe saíam da cabeça.

4

Além da loura oxigenada, ali estavam uma recepcionista mulata com um ar de melancolia e ressentimento invencíveis, os alunos, vindos do comércio, de famílias abastadas, quase todos adolescentes entediados e agressivos que acompanhavam as aulas raramente com atenção, felizes quando algum incidente ridículo quebrava o silêncio e a concentração nada duradouros. Ele tinha sempre uma pressa contida, exasperada, de acabar com as aulas, não ver os rostos desdenhosos, não ser analisado e considerado estúpido pelo simples fato de estar numa posição de pretensa autoridade, incomodado pelos olhares das garotas — que diziam claramente que ele nada apresentava de sedutor — e, nos intervalos, correr para o bar, para Russo, vagar pelo centro lamentando não poder adquirir nada nas livrarias e lojas de discos, escapar, escapar.

Por que tinha de suportar aquele emprego? Tentava imaginar agora qualquer coisa de dentro da escola, vinda daquela gente, que pudesse ter produzido um engano do qual ele estivesse sendo vítima; afinal, o homem, com uma maleta, saíra do escuro do prédio, cujos andares eram todos alugados para comércio, com a naturalidade de quem conhecia bem o território: as placas indicavam *médico, den-*

tista, *advogado*, *imobiliária*, *doutores*, um labirinto deslei-
xado e pretensioso, disfarces, recepções reluzentes, conversas altas, risadas, acrílico, tipos bem vestidos cruzando nos
elevadores com infelizes trêmulos a segurar receitas médi-
cas ou carteirinhas de convênios, todos os rostos, todas as
roupas, tarefas, preços, desconfianças, casos irremediáveis
lidos em olhares que nem ousavam erguer-se. O homem era
um dos que tinham poder, e, mancomunado com outros
tantos invisíveis, sabia de tortuosas entradas e imprevisíveis
saídas, trafegava pelos corredores com as paredes cobertas
por esse mofo suspeito que se infiltrava em tudo, mesmo
nas casas mais novas, na cidade, lia sem esforços os hieró-
glifos inscritos no breu, pronunciava as senhas, movia as
forças pertinentes. Aquilo era um bloco inviolável de cons-
pirações, todos esses prédios tinham muitos donos secre-
tos, *habitués* dos corredores mofados, bem conhecidos de
ratos e baratas, sabedores de crimes para sempre insolucio-
náveis e de omissões, vilezas que escondiam com cuidado
sacerdotal.

Ficava num prédio parecido o escritório do homem
que sua tia conhecia bem, que garantira lhe arranjar alguma
oportunidade, "primo do Martini, é bem relacionado com
os políticos, você vai ver", muito antes de ter sido impelido
a se oferecer como professor na escolinha. Preparara-se,
naquela manhã, com a melhor roupa que trouxera, passara
pela primeira vez uma colônia comprada na cidade natal,
que guardara para não sabia qual ocasião. Limpo, parecendo desprovido de qualquer coisa que provocasse um tapar
de nariz e sugerisse desalinho, com um penteado que imi-
tara de uma revista onde havia um modelo que na certa
fizera uso de um gel dos mais eficazes, enfrentara as escadas

e subira para a prova. O elevador o deixava inseguro e tinha medo de, ficando num daqueles corredores, com tantas portas numeradas, tantos vãos, tantas passagens desembocando em banheiros, vestíbulos, salas de espera, consultórios, perdendo o fôlego, desmaiando, ninguém o achasse — essa morte horrível, sucumbindo sob uma laje cinzenta, mofada por infiltrações que as sucessivas pinturas não pareciam poder encobrir, morte que seria o atestado mais patente de sua pouca sofisticação, de seu desajustamento ao mundo dos metropolitanos, inteligentes, ricos e invejáveis, não, não, que Deus o poupasse.

A placa do conhecido de sua tia apareceu, por fim, à sua frente, identificou-se num interfone — notariam a hesitação angustiante na voz? — e um homem gordo lhe abriu a porta, fazendo um sinal enfadado para que entrasse. Havia mais gente sentada num comprido banco de couro preto, lendo revistas, e as caras mal o notaram, como se estivessem ali há muito tempo e tudo transcorresse abaixo das expectativas, com uma lentidão que eram obrigadas a suportar e a maldizer baixinho; uma mulher com uma criança cujo choro não conseguia impedir, olhava penitente para os outros, pedindo mudamente desculpas que, pela insistência, pela reincidência do choro, já ninguém lhe podia dar.

Teve que esperar, como todos; anunciado lá dentro, quem era ele que seu nome o tornasse prioritário? Quando entrou, o tipo — um vigoroso Andrade, despido do paletó, com uma camisa branca onde balançava uma gravata azul-marinho — passava as mãos pela boca, pela barba negra, deixava um telefone para atender a outro. Olhou-o. Balbuciou uma tentativa de identificação, sentiu-se burro — naturalmente, era mais que sabido quem era, e o homem levantou-se, mirou-o de alto a baixo mais de uma vez, detendo-se em partes que parecia manusear com um olhar como que dotado de dedos muito precisos, dominadores e sem consideração além da rotineira pelas particularidades da peça de carne exposta. "Quantos anos?", perguntou. Respondeu desanimado, como se o exame o tivesse exaurido. O homem meditou, anotou e, depois de certo tempo em que pareceu gozar o suspense, beber de sua inquietação como se esta revigorasse seu poder e justificasse a glória de sua posição, disse que não tinha nada, mas que veria, que se lembrava de o Martini ter dito alguma coisa sim, uma senhora do interior, alguma coisa, que era questão de tempo haver vagas, mas, enfim, não se pode apressar nada, compreende? há gente grande nisso. Parecia achar um deleite fabuloso desiludir esse infeliz crédulo e interiorano.

Sem esperança alguma, ele teve que fazer o trajeto de volta pelas escadas de posse disso apenas — um rosto com a barba muito escura e os lábios de um roxo grosso, ávido, a cuja voracidade sua desprezível presença dera um contentamento momentâneo. Saíra com a impressão estranha de haver se submetido a um rito canibal de que escapara duvidosamente ileso.

— Ei, teacher!

Russo acenava da porta do bar, erguia malicioso um copo de cerveja. Não parou, respondeu debilmente ao aceno e seguiu para uma galeria, com cujas vitrines costumava entreter-se; havia algo de tranquilizador em olhar para bijuterias fixas, quadros, vestidos, objetos e bonecos esotéricos, os discos, CDs, livros de arte, cosméticos, gente perfumada, irreal, silenciosa e o ruído do chafariz de uma praça artificial, com caramanchões e bancos pintados de branco, davam-no a impressão de poder isolar-se. *Capuccino*, comida árabe, *croissants*, docinhos exóticos, apiários, chás naturais, não — uma mocinha lhe sorria um sorriso pronto para compradores, ele sorriu recíproco como se não se tratasse de comércio, e saiu do outro lado, em um quarteirão menos conhecido, cansado.

Se falasse abertamente com Russo sobre o homem, não ficaria aliviado? Estranho: temia falar daquilo como se a perspectiva de livrar-se da sombra fosse mais triste que promissora. Um cigarro. Os transeuntes. Olhou para o céu, vazio de nuvens, dezenas de pombos descendo de um prédio para pousar diretamente no calçamento em frente a uma casa de produtos agrícolas, arrulhos e cheiro de veneno, o barulho de um viveiro de periquitos australianos, buzinas, gritos, apitos de vendedores de sorvete, crianças, e ele andava, distraía-se, até que notou que havia passos constantes atrás dos seus como réplicas e que, parando, estacavam também. Experimentava andar mais depressa, e o andar lá atrás se ajustava. Sem coragem para virar-se, para olhar de esguelha, sentiu a garganta se fechando, a língua seca, e a multidão, as caras, os corpos, esse fluxo absurdo, copioso, não poderia absorvê-lo, escondê-lo? — fazia como que um esforço para afundar e, nada, não ser visto, ser esquecido, não queria ter a consciência de que estava designado, de que era seguido, de que a questão era com ele e não com outro; ah, se tivesse a coragem de olhar para trás, poderia talvez dissipar a cisma, desfazer o temor, mas andava, andava, corria, tropeçava em corpos, desviava, não pedia desculpas, era xingado, buzinado, enfiava-se por uma rua menos cheia, não tinha hábito algum de ginástica nem jamais praticara esportes, perdia fôlego, os óculos não o ajudavam, não, não, tudo menos parar. Finalmente, um poste, à sua frente um cubículo para venda de chocolates de cujo fundo olhava-o uma mulher magra, alta, de preto. Parecia assustada, medindo-o bem, querendo aproximar-se de um telefone. Que aspecto ele teria, depois do pânico? Achou um lenço no bolso, tirou os óculos para desembaçá-los; a mulher conti-

nuava lá, perplexa, parecendo esperar um desfecho temível
— alguém chegou, uma japonesa ou coreana, e ela o apontou. Afastou-se do poste, como que empurrado por aquele indicador fino.

Viu-o, então, em sua crueza: alto, sério, usando roupa escura, destacando-se dos transeuntes pela imobilidade e pela maneira direta com que o fitava, dando a entender que não havia dúvida, que a coisa era entre os dois. Por quanto tempo os olhos se mediram, os do homem, imperturbáveis, os seus, reverentes, tímidos, atormentados por uma inquirição muda e inútil? Houve uma diminuição de transeuntes, o espaço em torno do homem ficou mais amplo e ele foi andando lentamente para a porta da barbearia anacrônica, onde se encostou. Só lhe restava abaixar a cabeça e dar as costas. Foi o que fez, com a impressão de que sua nuca era tocada de leve, à distância, por uma mão gelada, escarninha.

5

Eles tinham posado para o retrato com aquele ar hesitante, esperançoso, excitado, inevitável no grande dia; ela tinha o rosto cheio, lábios finos, olhos claros, o cabelo curto desaparecido sob o casquete; ele ostentava um bigode cuidado, um ar de atrevimento ingênuo, os olhos vivos. Seu Alaor e dona Cedúlia, os pais.

Sentiu vontade de quebrar o vidro protetor e rasgar a fotografia, foi à cozinha tomar água. Ouviu o cacarejar sobressaltado de uma das galinhas de dona Graça, no cercado próximo. Saiu, noite sem lua, e uma sombra rasteira, lépida e ágil, se embrenhou pelo lado dos gradis e das moitas de capim limão, ao fundo. Gato ou gambá, não soube decidir, coçou a cabeça, olhou para o céu e sentiu que choveria de madrugada. Noite perdida, tentava ler, tentava escrever, dormir era inviável, o maço de cigarros acabando, e dona Graça fazia serão; ele via as luzes acesas, ouvia os passinhos abafados, de artrítica, e as tosses.

"Tarde de agosto, com certeza choverá, o céu é cinzento; tia Ema pragueja contra o vento, que não para de trazer folhas à varanda, reclama do pó sobre os móveis, varre, espana, xinga; horas depois, estamos na rua, ela me puxa pela mão, usa um xale marrom, um coque, e reclama do vento contrário, dizendo para eu tomar cuidado com os redemoinhos, artes de bruxa; vamos à casa de uma costureira conhecida sua, que é muito longe, numa rua boiadeira, nos limites da cidade. A casa é enorme, ao lado de um terreiro para espalhar café, numa varanda dos fundos há dezenas de gaiolas penduradas, tropel de 'passos-pretos', coleirinhas, sabiás, tuins, avinhados, pintassilgos, e um homem sério, alto, rijo, grisalho, cumprimenta-nos com um sorriso débil, pega um regador e abre uma porta de tela de uma horta onde só me lembro de ter visto couves, couves. Eu ficava olhando-o: afofava a terra, abaixado, vigilante, mas de modo oblíquo, a carga de silêncio, a lentidão. Parecia alguém destinado a esforços físicos muito maiores que se amesquinhava naquela tarefa voluntariamente, mas eu não sabia se o achava resignado ou hostil.

A costureira recebeu-nos com um grande sorriso, era tagarela, vivaz, exibia tecidos, ria, contava casos de mulheres conhecidas de ambas, do abuso de uma Laura a desfilar de cigarro na boca pela rua principal. Latinhas de rouge, batons, num frasco um líquido amarelo-topázio, a máquina Pfaff, o guarda-roupa com um espelho em que me vi inteiro — e não gostei do que vi —, a quietude do campo bem próximo, cafezais, goiabeiras, longe um sujeito lidando lentamente com uma pá..."

Levantou-se olhando o caderno de memórias à distância, desconfiado, como se fosse algo independente, sorrateiro, sobre o qual seu controle era duvidoso: com frequência escrevia mais do que pretendia, enveredava pelo que não queria — alguém dentro dele, em desacordo com as ideias que queria claras, pegava-lhe a mão e o levava para outro caminho, para a proximidade, para a iminência de revelações que sentia, pressentia funestas; outro cigarro, a noite mais escura agora que dona Graça apagara todas as luzes. Voltar para V. Lá o perseguidor não poderia chegar, ninguém saberia da viagem — nem dona Graça, nem Russo.

— Como é tua terra?
— Pequena. Nada de relevante.
— Manjo. Uns dez, quinze mil habitantes...
— Talvez mais. Vamos mudar de assunto?

Russo ria de suas reações mal-humoradas a um cerco que supunha bem disfarçado. Ria, mas andava desanimado, as vendas esporádicas de carros escasseavam ainda mais e precisava dc um dinheiro que não lhe vinha. Talvez engendrasse ali, de cabeça baixa, pensativo, tentando disfarçar ideias adversas com goles de cerveja, vastas coçadas nos bagos e piadas, algum plano, algum passo no sentido de fazer expedientes que lhe garantissem o pagamento do que devia a Cruz e do aluguel de seu apartamento, talvez as dívidas fossem maiores do que ele poderia supor; o que ele faria para se safar, não conseguia vislumbrar, mas o amigo lhe dava a impressão de uma maleabilidade muito grande para toda espécie de atividade que demandasse pressa e dispensasse honestidade.

Ele pediu-lhe a caneta, mas na ânsia de fazer alguma coisa, tirou-a do bolso de sua camisa — e anotou, num guardanapo, alguns números que pareciam atormentá-lo. A seguir, amassou o papel e atirou-o, com força, fazendo um ar brincalhão de quem precisasse provar pontaria, nas costas de Cruz, que varria o piso da proximidade da porta com indiferença. Acertou, mas o homem não se aluiu, como se o papel mal o tivesse roçado, e ele lhe piscou, orgulhoso como um moleque perito na travessura. Depois, um desalento lhe voltou, e de modo tão cômico e deliberado que fora como ver uma marionete deixando os braços pender a um peso considerável que lhe tivesse sido posto nos ombros. Falou, devagar:

— De vez em quando, acho que qualquer cu de mundo aí nos fundões do interior pode ser melhor que isto aqui.

— Não se iluda.

— A gente não é nada por aqui.

— Lá, menos ainda.

— Quando a gente olha aquelas cidadezinhas na noite, em estradas da serra, acha que aquilo parece o lar prometido, um refúgio, um presépio, sei lá. Imagino que seria feliz com uma mulher, um filho, um empreguinho simples, uma casa pra morar no mato.

— Melhor ficar com isso na cabeça e não ir lá ver o que de fato existe.

— Que é que você fazia lá? Escritor, punheteiro, só ficava nisso?

— Não tinha outra saída.

— Continua não tendo.

— Aqui ao menos não se é tão vigiado.

— Mas, você se comporta como se fosse, teacher. Não me engana, ora.

— Ando por aí, ninguém me conhece, posso fugir.

— Tá bom. Pra onde? Fugir, você? Olha meu exemplo, eu tenho fugido sempre. E minha impressão é que não saio do lugar. — Olhou para os prédios ao redor do bar, os olhos fizeram uma avaliação completa, lenta, e, cansados, voltaram a pousar nas costas de Cruz; era como se todos os círculos partissem dali ou para ali tivessem que voltar, viciosos, fatais. — Corro muito, corro pra todos os lados. Só sobreviver. Topo de tudo. — Olhou-o, havia uma exaustão indefinível e uma descrença feita de alguma hilaridade e muita miséria naqueles olhos. — Acho que não há o que eu não tenha feito, nesta vida. Perfeitamente corrompido sim. Estou à venda, e quem é que me compra? Ninguém. Tudo tem que ser recomeçado, sempre, todo dia com uma placa no pescoço, o próprio cretino esperançoso. Se alguma coisa bonita me surge, não é ela que eu quero, mas outra coisa, outra coisa. Desprezo, sujo a beleza, não a compreendo ou ela me enfada, não sei. Não sirvo pra nada. Emporcalho as coisas. Tento achar tudo divertido, e é, mas a que preço! Precisava de uma outra vida, longe daqui. Você já teve essa vida, e ela não prestava. Veja como os deuses são filhos da puta com a gente. Tinha umas esperanças em você. Mas vejo que estamos mais ou menos na mesmíssima merda.

Era preciso não concordar com aquilo. Era preciso que o outro não soubesse o certeiro que estava sendo. Ele se inquietou na sua cadeira, e lembrou-se do seu lugar, fechou os olhos, repassou-o como só seu, avaro. Sim, voltar era possível. O perseguidor não era onisciente, claro — não saberia como encontrá-lo, se não contasse a ninguém. Olhou para a folhinha, achou que uma quinta-feira, 28, era um bom dia. Quatro a cinco anos longe e nada conseguira, por que não dar-se por derrotado e voltar à cômoda escuridão dos dias iguais, da assegurada irrisão? Tia Ema poderia durar mais alguns anos, ainda. E via-se como o homem da horta — um tanto triste, estoico, mas íntegro, de algum modo completo na limitação de sua tarefa, revolvendo a terra, lidando com esterco. Eles eram felizes, aqueles sujeitos, não eram? — os que se contentavam com aquela vidinha de hortas, de casas que se afundavam em quintais onde, acontecesse o que acontecesse, haveria um anonimato nutrido, poupado por mangueiras, por galinheiros, por coisas que eram caladas, cúmplices, como que definitivas no conforto de seu acanhamento. Não tinham nada de aventureiros — namoravam alguma moça boa e quieta, casavam-se, faziam filhos ou prosseguiam solteiros, mas desambiciosos, arraigados, apagando-se numa discrição que talvez contivesse uma estranha forma de sabedoria, embora parecesse, em geral, muito mais uma desambição crônica, uma crônica falta de imaginação e vontade de gestos, atos maiores.

O maço com o último cigarro. Decidiu ir para a rua, andar até talvez chegar o sono; nada mais a escrever agora, caderno fechado, e uma caminhada lenta, medida, de meias (porque dona Graça podia estar afetada em quase tudo, menos nos ouvidos), os sapatos na mão, até o portão de trinco estridente, que era preciso fechar com delicadeza. Tudo feito, estava na rua. Mas, encostado ao poste da esquina, quem? De longe percebeu o sorriso malicioso, de quem sabe o efeito causado por sua presença. Ele fixava seu contemplador intimidado e com a satisfação de quem de fato intimida. Sem desviar os olhos, com um sorriso indefinível, foi se afastando. Antes, porém, balançou a cabeça num sinal afirmativo, e passou os dedos em torno da boca, fazendo como que uma advertência com o indicador. Depois, foi engolido pelo quarteirão escuro.

6

Russo parecia mais do que satisfeito com o fato de tê-lo convencido a ir à pensão — "Neide é uma heroína, imagina manter um negócio desses hoje em dia, com a concorrência dos motéis..." — e estava alegre por vê-lo beber além da medida. "Grande, teacher, é o seu, é o 'nosso' dia!" Abraça-va-o muito apertado e ele, incomodado com a barriguinha, com o cheiro do companheiro — por que insistia em usar perfumes tão vagabundos? —, repelia-o, rindo também. Ao redor, Cruz olhava-os com um estranhamento mais ou menos analítico, às vezes ria, às vezes mal parecia suportá-los. Aproximou-se, chamou Russo de lado, conversaram; depois, separaram-se com observações ríspidas e o dono do bar não pareceu satisfeito com o seu retorno à mesa. Algum tempo em silêncio, acabrunhado, remoendo coisas que vinham direto do outro lado do balcão, e passando a mão pelo cabelo, olhou-o:

— Você não sabe o que é este mundo... — disse, como se tivesse recebido uma péssima notícia e meditasse sobre a maneira apropriada de contá-la a um interlocutor cujos melindres, na verdade, não conhecia bem.

— Acho que não sei mesmo...

— Não sabe, é certeza. Olhe para esse sujeito. Já imaginou que por trás do dono de um bar possa haver um sujeito que...

— Não me fale nada.

— As coisas que ele nos arranja... O que tenho que fazer!

— Já te disse para não me falar nada.

— O que se precisa fazer pra continuar vivo!

— Pode-se evitar muita coisa. Basta procurar outros trabalhos... — Sabia que se arriscava, que não tinha que se envolver tanto.

— Tão simples, né? — Russo meio que gritou, com um sarcasmo que poderia ser furioso, se uma melancolia obscura não corroesse sua energia. — Tão simples e tão diferente da realidade! Alguém como eu, do jeito que estou, aonde cheguei, pode muito pouco...

— É preciso ter coragem, mudar hábitos, cortar dependências...

— Bonito de falar e impossível, na prática.

— Não sei se é impossível.

— Quando se tem essa coisa de evitar, mais que viver, parece simples ir liquidando tudo, na pura negação. Tá vendo? Sei filosofar também... Não quero te ofender, mas você me parece um perito em tirar o cu da reta. Mas, até evitar, a certa altura, se torna uma frescura complicada, e começa a exigir muita habilidade, custar caro. Tem um momento em que você se afundou demais, se acostumou demais, talvez até goste do inferno em que se meteu. Só te resta se afundar mais ainda.

Cruz, que procurava ouvi-los, tomou a decisão de vir em direção à mesa, com um passo resoluto, um sorriso cuja razão era difícil de adivinhar, mas parecia conter uma espécie de desprezo experiente em relação a Russo, e, batendo na mesa com força, disse:

— Vamos fechar. Pode ser, majestades? Passa das onze...

— Tá bem, Cruz. A gente pega outro boteco por aí...

— "Boteco" a puta que o pariu!...

Saíram em silêncio. Ele não ousava tocar no constrangimento que emudecera o amigo, foram caminhando devagar, pernas querendo ceder um pouco, e, numa esquina, o outro avistou um prédio antigo, que já fora azul-anil, de pastilhas. Ergueu o olhar para uma dada janela, onde havia uma luz acesa, e fez com que ele olhasse na mesma direção:

— Carla mora ali... É vizinha de apartamento, vez em quando vou lá pedir alguma coisa. Se eu deixar, faz tudo por mim, um absurdo. Muito prestativa, uma santa, rapaz. Uma santa... — fez um silêncio prolongado, pisou a ponta de cigarro que atirou no chão, raivoso. Depois, passando as mãos pelo cabelo, sentenciou:

— Santas podem deixar a gente muito incomodado, com a certeza irremediável de que não prestamos.

— Não conheço nenhuma.

— A gente não as conhece, elas é que aparecem sei lá como. Decididas a melhorar tudo, o que acaba sendo apenas uma humilhação, porque, no meu caso, melhorar...

— Qual é tua janela?

— Aquela...

— Um dia vou te visitar, prometo.

— Ah, não se importe. Meu canto não presta, não tem nada, só gente que, pudesse, moraria em outro lugar — muito mau cheiro, muita conversa perigosa, vidas em que é melhor você não se meter, gente que rouba botijão de gás, guarda-chuva, coleira de cachorro, caneta, até alguma carta posta debaixo da tua porta, o que der sopa, gente fodida, arroz de terceira, *pó de traque*, como dizia um velho amigo. Se não existisse a Carla, eu estaria mais que ferrado...

— E essa Neide?

— Um consolo. Gosta de mim, acredita nisso? Pois, gosta. E, quando tudo está pesado, como hoje, só uma boa trepada, e depois dormir naqueles seios. Aquela suporta tudo de mim, me acha o máximo.

— Não acredito nisso. Puta de bom coração, só em certa literatura.

— Ela não tem coração nenhum, quando é preciso. Mas, gosta de mim. *"Amor de pica/ quando bate fica"*, entendeu? Vulgar? Pode ser, mas é a única explicação. Sou bom nisso. Olha aqui, eu nunca brocho, nunca! — segurou vigorosamente a braguilha, deu uma gargalhada, chacoalhou as pernas euforicamente, como se estivesse se livrando de uma sombra que pudesse interferir em seus gestos, desmenti-los. — É o único campeonato que eu venço, nesta vida.

Não era má a pensão a que chegaram, depois de passarem por vários bares, embora faltasse, no Fantasy da placa, a letra "n", e as paredes precisassem de pintura, os sofás de reparos, as meninas de mais convicção e ânimo. O corredor, alguns banheiros, apenas quatro ou cinco quartos, o melhor para ela. Neide pediu para que esperassem numa saleta e as caixas de som despejaram Abba e A-Ha, risinhos em cantos dispersos, caras que apontavam, fugazes. Ah, a inevitável cortina de fitas de plástico coloridas, ah, o cheiro de algo que evocava parque de diversões, o velho perfume Diamante Negro, o talco Alma de Flores, o quê? Não eram esses os perfumes de agora, mas ele parecia reviver certo lugar, e emprestara a essa espécie de lugar, aonde é imperativo que um homem vá, a mesma impregnação, não importando a passagem do tempo, os novos costumes e cheiros.

Russo sumira a um chamado da voz enjoativa e cantada de Neide e ele acompanhara uma mulher que lhe aparecera, tomado pela bebida, aceitando que ela o provocasse, lhe apalpasse a calça, na direção de um quarto escuro. Jogou-se numa cama. Acreditou ter passado por um sono, e, ao abrir os olhos, havia acima da cabeceira uma imagem de Santa Luzia, com os olhos no prato, e uma morena nua, um toco de cigarro nos dedos, o olhava. Do quarto ao lado vinham muitos ruídos, risadas altas, Elvis Presley perguntava, insistia em perguntar se a ouvinte da canção estava sozinha naquela noite, "*do you gaze at your doorstep and picture me there?*". A morena parecia esperar por um gesto dele, que não vinha.

— O que foi? — ele perguntou, zonzo.

— Me diz aí o que você quer...

— Paz de espírito, acho.

— Artigo que não tem por aqui.

— Não vou importunar você. Olha, não sei se consigo.

Sentia-se embaraçado com a crueza da mulher exposta, ela riu ao vê-lo corar um pouco e virar o rosto, como se estivesse diante da mais respeitável das mocinhas. Ele repôs os óculos e quis apanhar o resto da roupa amarfanhada numa cadeira. Ela o impediu, com jeito. Lutaram, por alguns momentos, com a calça, que ele insistia em recolocar. Ela venceu.

— Então, como é que vai ficar? — ela tornou a perguntar, mãos na cintura.

Ele baixou os olhos:

— Não quero fazer nada.

— Dou um jeito nisso.

— Olha, eu bebi muito... Nunca bebi tanto, na minha vida.

— Vamos conferir.

— Não, não faça isso...

— Por que não?

— Não tem nojo?

Ela balançou a cabeça, incrédula, rindo, e abaixou a cabeça.

Nunca contara a Russo que não conhecia desses ambientes, porque pareceria espantoso para ele, e seria uma desonra. Pouca experiência, ah, tão pouca! Em V., os grupos que lhe apareciam eram todos classificados por sua tia como inconvenientes — era incrível como ele não notasse que tal e tal companhia não podia ser, que iam desencaminhá-lo a ele, seu mimo, que iam ensinar-lhe horrores, não conhecesse ela os homens! "se você me ouvir, será melhor... é para o teu bem que digo isso... as coisas que eles fazem, ah, menino!". Estava entre essas coisas a ida em uma Kombi para a zona de uma cidade vizinha, maior, numa excursão barulhenta, rotina quinzenal. Viu-se, dentro dela, num começo de certa noite, tremendo, repartindo espaço com mais uns doze tipos muito conservadores e ativos que passavam, alguns, dos trinta anos, e eram, outros, até casados. Fechava os ouvidos às conversas, às comparações, ria, tímido, aterrorizado com que lhe pedissem uma participação mais viva, diante das exibições, das piadas. Bem fechado, o veículo lhe parecia terrivelmente apertado, incomodava-o que o roçassem, que tomassem, revezando-se, um garrafão de cachaça de que ele não queria compartilhar, sob risinhos, sob desconfianças. Não sabia o que faria, ao chegar, e, quando desceram num bairro em que as ruas de terra batida eram pouco iluminadas, avistando as luzinhas vermelhas, deu um jeito de ficar para trás, de não ser notado, chamado, convocado, porque em alguns casos queriam cenas, queriam a comprovação de tamanhos e espessuras sobre as quais o grupo lançaria julgamento, daria notas. Inaceitável, não podia, não queria, jamais conseguiria — ah, por que fora se meter nisso? No entanto, eram muitas as casas, a dúzia se dispersava — para aquela em que entrou, apenas três homens ficaram e a escuridão, a pressa, o nervoso do instinto muito perto de poder ser saciado, as muitas conversas, os enganos com nomes, permitiram que ele se esquivasse, que fosse para um canto, esgueirando-se para um quintal. Enfiou-se, então, no que parecia uma espécie de despensa, e, agachado, ouvia da casa os risos, o contato nítido entre uma agulha e um disco, "*maldito corazón/ me alegro que ahora sufras...*", e não se moveu, até que fosse muito tarde, entre panos, latas de óleo, garrafas, um cheiro de remédio, de água sanitária, de sangue menstrual.

Não o achariam. As perguntas, as procuras, a buzina da Kombi dentro da madrugada, nada disso lhe importava, e, na manhã seguinte, escapava para a rodoviária, de onde tomaria um ônibus de volta para V. O sumiço provocaria comentários, por uns tempos, o que não lhe importava, cada vez mais perto da vida da tia, cada vez mais caseiro, mais medroso, mais decidido a fugir de julgamentos.

O esforço da mulher dera resultados, mas teve que suportar vê-la, tranquila, habituada, ir para uma pia cuspir o que engolira; o som daquela cuspida lhe doía horrivelmente, queria consolá-la, mas, que podia dizer? Tivera vontade de lhe fazer uma espécie de carinho, porque, de algum modo, ela lhe fizera bem, mas seria a coisa mais incongruente com aquele desdém relaxado, profissional, com que ela andava nua, sem exibir-se, num ir e vir pelo cômodo — um corpo de mulher assim à vontade, com o desprezo utilitário e frio que ela demonstrava ter pelo seu, lhe dava uma sensação estranha, como se fossem ambos peças de açougue, carne num necrotério, e sentia-se culpado, mas, se esboçasse alguma solidariedade, pareceria estúpido, ela riria — que espécie de afeto combinaria com o quarto, o rolo de papel higiênico no criado-mudo, a pequena latrina contígua, as revistas sujas e a santa na parede, cega, mas acusadora?

Era madrugada quando, perturbado, ganhou a rua, sem ter visto mais que um relance de Russo e Neide nus, na cama, o quarto com a porta escancarada; pensou em chamar o amigo, que não o via nem o ouviria, e envergonhou-se um pouco de, dali, poder ver, muito claras, as suas nádegas que se erguiam e abaixavam, no ritmo da penetração, ele arfando e roncando, Neide entre risadas e gemidos.

A preocupação agora era com dona Graça, nada indulgente nessas questões de horário. Aturdido, tomou o que lhe pareceu um caminho lógico, mas a chuva recomeçava, não avistava nada familiar, e teve que conformar-se com ficar ali, numa parada de ônibus coberta, dividida com um sujeito que, desgrenhado numa roupa preta visivelmente pertencente a outra pessoa, uma marmita nas mãos, tinha os lábios trêmulos, os olhos que nada olhavam diretamente, e falava sozinho, algo sobre profetas e políticos, um discurso contínuo, febril, que por vezes era interrompido para logo a seguir ser retomado, num mesmo tom, como se nada no mundo pudesse impedir que aquilo prosseguisse; era uma programação implacável, a que seu corpo servia de transmissor; naturalmente, nem o notou. Ainda no ônibus, ao subir, o sujeito seguiu repetindo o palavrório, divertindo alguns dos passageiros, mas a hora era sonolenta, e o ônibus seguiu deslizante, comprido, silencioso, como um esquife macio, para o fundo da noite.

7

Acordou em casa. Por que estava ali, ouvindo a "Berceuse" mais açucarada que a velha poderia ter conseguido? Ouviu o toca-discos ser desligado e nitidamente, os chinelos se moveram da sala de estar para a cozinha, daí a descida dos poucos degraus e a aproximação ao cômodo, em passos miúdos. Cada um daqueles passos ecoou em sua cabeça dolorida como os passos aplastantes do perseguidor no dia da chuva. A porta estava aberta e ela trazia uma bandeja com um copo d'água e um Engov. A princípio preocupada, pareceu alegre ao vê-lo em pé. Pôs a bandeja sobre a cama.

— Melhorzinho, não está? — ela o olhou com um carinho excessivo, encostou a ponta do indicador em seu queixo. Ele afastou-se, encostou-se à janela, procurou os cigarros no bolso da calça, molhados, não sabia o que dizer. Ela ficou muito séria, e ele leu o velho olhar sem perdão que ela costumava lançar, da janela, para bêbados e vadios na rua.

— Chegou muito tarde. Como te conheço bem, sei que isso não vai se repetir...

— Não, não vai.

— Promete, não, filho?

— Prometo sim, senhora. Foi um amigo que me pôs nisso.

— Sempre tem demônios desviando os anjos do bom caminho.

— Sim.

— Sei que você não é de beber. Mas é homem, e de vez em quando...

— É, de vez em quando.

— A falta que uma boa mulher faz, eu sei... — ela disse, de algum modo procurando lisonjear a imagem que devia ter de si mesma: já fora a salvação de um homem.

— A falta... — ele ecoou.

— Não vai cair na bandalheira, tenho certeza disso.

— Não vou. — Odiava concordar com aquilo tudo, mas para que discordar, que espécie de argumentação faria sentido? Era preciso não olhar para a velha, não se enojar daquele sentimentalismo que lhe era útil, mas se enojava de si, por precisar dele. Seu olhar errático deu, então, com o homem lá fora, na calçada rente ao muro, alto, vigilante, perto do portão. Sentiu-se empalidecer, enfraquecer, um pouco como se fosse cair para trás, no colo da mulher. O homem o olhou, ergueu a mão e exibiu algo que demorou a reconhecer como um envelope, abaixou-se e não foi mais possível vê-lo, ainda que seu desejo de que ele sumisse de vista fosse maior que qualquer outro. Tremeu, e dona Graça lhe notou o tremor, fazendo um ar compassivo.

Era como se o cerco fosse inexorável e a prisão não tivesse mais limites, tudo fosse muro e grades, e aquilo que olhava — o mamoeiro, o cercado para as galinhas, um balde, um varal, um pedaço ensolarado de rua, seus sapatos postos para secar na trepadeira de melissa — não oferecesse garantia alguma, significasse algo mais vago e sinistro, uma deliberação velada e ubíqua no sentido de aniquilá-lo, e ele mal podia protestar: a que estaria se opondo?

— A senhora viu?

— Viu o quê, meu filho?

— Nada, nada.

— Bom dia, então. Bom trabalho. — A velha disse, saindo do quarto.

Diabo, tinha que ir para a escola. Decidiu ignorar o dever, outra explicação ridícula para a falta arranjaria; ademais, aquilo ia acabar. Não podia ignorar era este fato — o de estar encurralado — e por isso via os gestos de rotina apodrecidos, condenados, nulos diante da ameaça maior que se impunha. Tinha era que voltar para a cama e afundar o rosto no travesseiro, como fazia agora, cuspindo todos os xingamentos imagináveis, com uma fúria de deixar a garganta em carne viva, fúria abafada e vã. Dona Graça ouvia agora o tema de *Se meu apartamento falasse*. Mais um cigarro, ia outra vez à janela, uma vaga necessidade de recolher aqueles sapatos que ela colocara na trepadeira. Almoçaria com a velha, ficaria em casa — nada a agradava tanto quanto uma companhia masculina jovem e cordata, que apreciasse os seus discos e os poemas e acrósticos que Conrado lhe escrevera. Precisava não sair, precisava não sair. Precisava não vê-lo.

Dirigiu-se à velha na sala, inventou que estava de folga. Ela pareceu satisfeita, pondo-se a falar do que poderia fazer para o almoço, e ele voltou para o quarto, apanhou o caderno.

"Sempre estou lá, naquela casa, ainda que esteja em outras. Basta fechar os olhos, sinto de novo o cheiro de vermelhão encerado, de óleo de peroba, revejo a cristaleira e tia Ema entre o rádio e a cozinha.

Eram dias felizes, mas, quando me ponho a lembrá-los com mais cuidado, tenho medo da quantidade de coisas escuras que se movem por trás deles, no entremeio de visões, de rostos, de situações que vou recompondo com dificuldade. Há alguma coisa que está ali, uma ameaça muito concreta, mas eu só a roço, paro de pensar, de lembrar, me ocupo de outras coisas. É como se temesse encontrar aquelas antigas e horríveis taturanas que se camuflavam, com suas cores, entre flores e folhas, e que nos davam queimaduras de gritar, de criar ínguas — a gente não as via, mas, de repente, na alegria de subir num tronco liso de goiaba, lá estava o fogo na pele, a punição... Convém lembrar sempre com cuidado, o emaranhado das memórias é como uma moita que pode conter perigos, não se sabe de onde emergirão, que rostos... Nos pesadelos, às vezes me deparo com um deles, talvez seja sempre o mesmo, mas é de tal modo assustador que a única coisa que faço é gritar, gritar, gritar... E é invisível, o que me espanta, como se alguém dentro de mim o reconhecesse com toda a certeza, uma operação de que não participo, que pareço abrigar em meu peito, que acontece em minha alma, mas que parece se desenrolar com alguém com vida independente, a ponto de parecer que o grito não foi de modo algum emitido por mim.

Um rosto masculino que me trouxesse conforto, ah, não havia. Nada de amigos, nada. Todos sempre me pareciam maiores, mais desenvoltos, mais capazes de fazer coisas, fazê-las sem remorso, fazê-las com uma eficiência mortal, o que era, afinal, o seu dever de virilidade. Se eu me atrevesse, descobririam que eu não tinha jeito, que eu era um impostor, que minhas imitações do tom, do porte, das atitudes do clube não eram bem feitas, que eu não podia participar de seu código... Eu não tinha a convicção necessária, eu não conseguia. Nos joguinhos de futebol do quarteirão, entrava com entusiasmo e cheguei a ter alguma fama com meu chute de canhota, mas isso passou rápido demais, houve um concorrente que me suplantou sem problemas.

Levei uma bolada no saco, bola de capotão, daquelas de jogadores mais adultos, e me dobrei de gritar... Ia ver os jogos do V. Atlético Clube e sabia que nunca chegaria a ter aquele tamanho, aqueles pernas, aqueles peitos peludos, que não ia saber xingar, rolar com um filho da puta no campo, se preciso, disputar a bola como era justo e necessário, arrebentar canelas... Depois, nos vestiários, como é que ficaria?"

Subitamente, a velha entrou, com aquele seu à vontade de proprietária que, mesmo atenuado pela vozinha complacente, lhe parecia, por vezes, um abuso completo. Trazia nas mãos um envelope, que apanhara sob o portão, e de que limpava, sem muito efeito, algumas manchas. Antes de lhe entregar, tinha que fazer o que fazia: olhá-lo de um modo descarado, verificar o remetente, balançando a cabeça, porque nada entendia. Era um envelope azul-claro, e ela o passou delicadamente. Ficou plantada à sua frente, ansiosa por que abrisse. Era um bilhete, em papel de cor idêntica ao do envelope, e dizia apenas: "Domingo, onze da noite".

— Boas notícias?

— Ah, sim. Sim, senhora.

— Parentes? Amigos?

— ... não...

Ela pareceu refletir um pouco e foi se afastando:

— Vou lá na sala, colocar um disco de Percy Faith para nós.

8

Que podia fazer senão deixar passarem os dias até a partida, gozando sua possibilidade de escapar por uma porta insuspeita nos fundos como um trunfo perverso, desfrutando também da existência do perseguidor como de um segredo, de uma questão só sua? Não queria dizer a si mesmo que temia que aquilo fosse uma alucinação, para não admitir a fatalidade e também para não despir sua vida de um encanto que não podia decidir se era maligno ou possuidor de alguma luz libertadora. Deus, a questão era reagir, fazer algo que estava longe de saber o quê e como. Um gesto. Exato.

Poderia talvez ingressar numa daquelas casas de malhação que via no trajeto de ônibus, olhando tipos a gesticularem nos aparelhos, aprimorando os bíceps, estufando, alisando, armando os peitorais vastos, todos adquirindo uma robustez de frangos de granja, dando socos, carregando pesos, pedalando, enquanto uma música pesada, surda, como um cronômetro rigoroso e obtuso, os aturdia e incitava. Poderia praticar tiro ao alvo, não seria difícil adquirir um revólver — Russo ia saber onde lhe arranjar um — e já se lembrava dos filmes, sentia-se o garoto que precisava aprender, com o cowboy, a derrubar latinhas de feijão ou garrafas de uísque vazias colocadas em cercas, ao fundo as pradarias. Todo mundo ia entrando no espírito — aqueles sujeitos que apareciam no bar, que o deixavam imundo porque brigavam, jogavam cerveja no chão, faziam o indescritível nos banheiros e só não eram postos na rua porque gastavam muito, tipos que chegavam para os rodeios na cidade, que se pareciam com paraguaios, texanos ou matutos irremediáveis, com aqueles sotaques, corações amolecidos por alguma Nalva Aguiar, e a alegria — "sai rasgando, cabeçudo!", "ô, lasqueira!", "xonado, a gente fica 'xonado!" — não tinham algo a lhe ensinar, não tinham uma superioridade evidente sobre a sua tibieza, seus escrúpulos, seu intelecto cheio de meandros admiráveis servido por um corpo ridículo?

— Teacher! — Russo gritou, e nem estava assim tão longe. — Venha cá. Olhe só aqui. — Apontou-lhe uma moça cabisbaixa, ruborizada, que entregava um pacote de congelados para Cruz. — Carla, vem conhecer o professor de perto. — Apertaram-se as mãos, mudos. Ela pediu licença para voltar a conversar com o dono do bar, constrangida. Russo olhava-o bem, numa avaliação tipicamente sua:

— Ô rapaz! Mas que jeito de me fugir da casa da Neide! A morena lá te achou engraçado. Na verdade, te achou foi esquisito. Mas, Neide gostou de teu jeitão. Disse que você lhe pareceu um sujeito muito fino. Se quisesse, podia até ter vindo pra cama da gente, dar uma embolada. Eu sei me desviar dos perigos, nessas ocasiões... — riu.

A conversa de Russo o deixava embaraçado — relanceou olhares para Carla e Cruz, supondo e temendo que ouvissem. Suspirou:

— Não era lugar pra mim. Bebi demais.

— Bom, ajudou, né? — Bateu com o indicador no copo de cerveja. — Você se desinibiu, estava alegre... — riu.

— Por favor...

Russo fez que não o ouviu e apontou Carla.

— Por que não conversa com ela? Perfeita pra você, acredite; deu pra um canalha aí, e arrumou um filho; se vira fazendo de tudo, cozinha, faz artesanato. Minha falecida mãe diria só com uma olhada: *mulher para um homem casar.*

— Quem te disse que quero me casar?

— Só pode querer. Não conheço maior vocação pra marido.

— Quero é sossego na vida...

— Você já tem sossego demais. Eu acho que, sem transtorno, não há salvação. Porra, que frase! coisa de se anotar. Carla, não acha que digo coisas muito inteligentes?

— Sim.

Contente com a anuência dela, olhou para ele, estufou o peito:

— Ela sabe, ela leu umas coisas que eu escrevi, ela guarda. Um dia, se quiser também ler...

Levantou-se para ir embora. Era um absurdo aderir ao programa do amigo, começar a beber tão cedo; olhou bem para ele, aquilo era de fato inchaço; quanto tempo duraria? Uma mistura de tristeza e nojo lhe subia ao ver a barriga estourando, o umbigo escapando, e aquele sorriso permanente, afinal sinistro como o de um gnomo desnecessário, criado para a infelicidade, a zombaria e a autodestruição. Disse que tinha de passar pela escola — a recepcionista mulata entrava no prédio — e fez um "até logo" para a silenciosa Carla, que enfiava o dinheiro recebido de Cruz numa bolsinha de crochê. Ela o olhou, dizendo baixinho que, se quisesse, poderia aparecer lá no prédio, um dia desses — faria alguma coisa diferente para um jantar, convidaria Russo. Sorriu, agradeceu, sem convicção.

Estava pedindo demissão, foi o que disse à loura da escola, sem rodeios. Ela estava toda de roxo, ao lado do telefone um pires com jujubas; olhou-o com um ar de estranhamento meio divertido; depois, pareceu lembrar que a ocasião pedia um pouco mais de gravidade e disparou um "Por quê? Não está satisfeito com a escola, querido?", mordendo e oferecendo uma jujuba azul-celeste, a boca melada de batom violeta.

Ele explicou que havia doença em família e uma necessidade de viajar, sem retorno previsível. "Que pena! Os alunos gostavam de você. Tão eficiente, tão bonzinho!" Ele não conseguiu precisar se aquilo era pena, desprezo ou gozação. Ela pediu licença e foi para os fundos, emitindo ondas sufocantes de um perfume que parecia o de alguma fruta excessivamente madura, talvez fosse fazer cálculos, e piscou para um senhor que chegava, com uma pasta e um sorriso de expectativa. Ao voltar, trazia um pacotinho de papel pardo. "Quando quiser voltar, casa aberta, querido...", acrescentou. Ele se despediu da recepcionista; ela ergueu os olhos da leitura de um livrinho romântico com título em letras douradas salientes e sorriu debilmente.

Rua. Teve uma alegria súbita, como se a grande e velha disponibilidade estivesse reconquistada e pudesse comprar muito, tudo que lhe agradasse, mesmo tolices, com o pouco dinheiro. "Bom, bom, tia Ema", talvez comprasse um presente para ela, ria, assoviava, andava rápido, e até sentia-se bonito, com um começo de ereção. Entrou na galeria. Toda espécie de peixe ornamental na loja de uma japonesa. Numa banca de revistas, tanto para olhar, e ali o proprietário — um sujeito gordo, de olhos injetados, sonolento — tinha gaiolas com estranhos pássaros. O que era aquele? Um

"Diamante de Gould". O preço era alto. Comprou um jornal, apenas por prodigalidade eufórica — como se o dinheiro fosse muito — e folheou-o sem interesse. A loja de produtos esotéricos tinha um só freguês — uma morena irreal, de olhos ou verdes ou de um azul sem definição, os cabelos negros em ondas, e ele imaginou-a tão sobrenatural quanto a atmosfera forjada ali, uma mistura de Vivien Leigh com algo mais atual e menos aristocrático. Se fosse sua namorada, cairia em adoração. Ela nem uma vez deu-se conta de que era olhada, atenta aos retratos de mestres de imprecisas seitas nas paredes. Um tipo de paletó, a gravata afrouxada, comia ávido um lanche do qual pingava o amarelo do ovo mole, ketchup na ponta do nariz, na lanchonete ao lado. Frituras. E o chafariz, e a lembrança da praça. Pensou ter visto no extremo, do outro lado, uma sombra familiar. Tremeu um pouco, mas decidiu que não deveria sentir medo. Talvez devesse simplesmente não fugir, deixá-lo aproximar-se; tinham que falar-se e alguma coisa ia ser esclarecida — assim, decidiu que tiraria do caso o aspecto tolamente fantasmagórico que estava tomando. Mas a sombra desapareceu.

O cinema. Quem poderia querer ver *Delírios de uma empregada* nesse horário? Entrou. Havia uma sala de espera com inúmeros cartazes, um barzinho fechado, um tipo soturno, mãos entre as pernas, no assento vermelho cheio de rasgões e manchas, de furos de pontas de cigarro; pediu-lhe um. Passou-lhe o isqueiro também, sentindo-se demasiadamente examinado e, por fim, fosse como fosse, o outro se desinteressara, não o considerara o que estava esperando. Daí a pouco, mais homens entraram. Na sala escura, trechos de *As quatro estações* misturavam-se com arranjos simplórios de samba e marcha de Carnaval, enquanto as imagens, que dessa vez pretendiam ser engraçadas, se sucediam. Uma vagina escancarada ficava lá, imensa, minuciosa, estática, para olhares indefinidos. Podia ficar à vontade. Abriu o zíper da calça. Notou muitos gestos semelhantes ao seu, no escuro, e uma voz lhe sussurrou: "Faço pra você. Quer?". Virou-se, teve horror do rosto envelhecido, da boca murcha, dos tremores das mãos, da avidez. Fechou o zíper como pôde e saiu sem olhar para trás.

Chuva, e a tarde tão escura que a hora era insondável. Precisava comer e entrou num lugar, atraído pela grande claridade de neon dos balcões, as cores muito vivas, a música; uma mulher desbotada, medindo-o, trouxe-lhe um sanduíche de frango e uma soda. "Bom, tia Ema, bom", apalpou o bolso, sentiu o dinheiro, e pagava a uma caixa parecida a uma paraguaia quando algo o obrigou a olhar para a calçada.

Entre a multidão rápida, ele se destacava pela altura e a capa de chuva. Apressado também. Veio-lhe o desejo: era preciso segui-lo. Misturou-se à correria, atravessou faixas de pedestres sem atentar para o sinal, buzinado e xingado, e exultava com sua sensação de destemor — não era o perseguidor agora? Hoje, ele não o olharia como um fraco, um fujão, um covarde completo. Lá estava a cabeça, lá na frente a capa, o andar sólido e à vontade, e não o perderia de vista. "Desculpe, moça", os muitos, infindáveis carros, um ônibus com crianças de escola berrando pelas janelinhas, a passagem de um enorme caminhão de eletrodomésticos anunciando um sorteio e atirando folhetos, o homem cercado por curiosos demonstrando um vidro com um sapo ressequido, o violeiro, o vendedor de pés de moleque e cocadas imensas, o banco, onde ele estava agora? Recuperou-o numa rua mais vazia, lateral, e subiu-a cansando-se; a ladeira levava a uma igrejinha entre pinheiros. Outros transeuntes desapareciam, cada vez menos gente entre ambos e estava perto, perto, já o alcançaria.

Que força! Gozava de sua superioridade, nesse momento. Poderia, se quisesse, apanhar um pedaço de pau ou uma barra de ferro — procurava o porrete olhando para os lados — e golpeá-lo com todos os golpes que quisesse, o suficiente para transformá-lo numa massa de carne e sangue informe, sem tanta capacidade de desdenhar, ali na rua, nos paralelepípedos. Mais passos, mais passos. Alcançou as costas, deu um tapinha cuidadoso nas espáduas. O homem virou-se. Sério, de óculos, um bigode grisalho, recuou um pouco, encarando-o sem um só traço de benevolência. Não era ele.

— Me desculpe, por favor. Um engano...

O estranho não disse nada, afrouxou aos poucos a carranca, dando-o por inofensivo o bastante para que retomasse seu caminho no mesmo ritmo, sem importar-se. Ele desabou numa escada para um trecho de casas idênticas, de onde ninguém o olhava, tapou o rosto e ficou ali, imóvel, por horas.

9

Olhava para a pasta. Os contos, crônicas, a prosa sem gênero. Lembrava-se das tardes perdidas na repartição, fingindo interessar-se pelo trabalho quando o que fazia, abafando, dissimulando a excitação, era escrevê-los, reescrevê--los. Tia Ema o olhava alheado no caderno, roendo unhas, e continha a curiosidade, mas parecia apreensiva; tinha parado de ler havia muito tempo, vez em quando ameaçava retomar seus volumes de Pearl S. Buck, Cronin, Daphne Du Maurier, mas o que fazia era rearranjar os livros na velha estante, espaná-los, contar como os adquirira ou ganhara, suspirar e a seguir imprecar contra "revistas modernas", contra a televisão — as novelas a indignavam, principalmente por aqueles beijos longos nos quais certamente as piores coisas de um organismo eram transmitidas a outro, e dormia vendo reprises dos poucos filmes que considerava decentes.

Trouxera essa pasta pensando, no início, que seria possível conhecer escritores, alguns dos quais tinham sido uns vagos correspondentes em outros anos, quando, lá de V., escrevia ansiosa e aleatoriamente para nomes de revistas literárias, mandando cópias de coisas suas, pedindo, perguntando coisas muito ingênuas e necessárias a gente mais ou menos consagrada constante naquelas páginas. Um escritor poderia lhe encaminhar a alguma editora — aquilo, publicado, seria enfim um objeto, uma coisa sólida entre as outras coisas deste mundo, não mais devaneio, vento na gaveta.

Ninguém atendeu aos seus telefonemas. Ninguém se lembrava ou, se lembrava, compromissos outros, ocupações absorventes, famílias, profissões, mascaravam a vontade evidente de se descartar de importunos, de gente com originais que seria melhor não ler para não ter que dar uma opinião possivelmente desfavorável. Numa rua, topou com um contista a quem escrevera, apresentou-se. Ele se lembrava das cartas sim, pois, apesar de ter correspondentes por toda parte, obedecia a determinadas fórmulas de acolhimento, amizade, intercâmbio, que eram cálculos de comerciante para garantir admiradores por todo lugar e convites seguros para palestras e viagens. Sem nunca deixar de sorrir, esse era daqueles que, simpaticamente, se esquivariam, mandariam convites para noites de autógrafos, nunca um gesto decisivo, nada de uma solidariedade que ultrapassasse os limites bem definidos da polidez. Reparou que ele examinava as suas roupas, seus sapatos, que tirava certas conclusões desalentadoras e que, silenciosas, jamais seriam traídas por aquele sorriso permanente, por aquela afabilidade — até lhe ofereceu um cafezinho — e falou, falou, falou muito das dificuldades de publicação. Compreendia perfeitamente os mecanismos desse mundo, feito de oportunismo e loteria, não de mérito — e despediu-se deixando um cartão. Se telefonasse, inútil — seria outra vez sufocado por toda aquela simpatia. O acolhimento, a transparência, ele era capaz de parecer o mais simpático dos mortais para abrigar sua astuta indiferença. No fundo, achava muito vulgar e desprezível que ele se interessasse por aquilo que ele agora tinha: sucesso, dinheiro. Que ele preservasse a sua integridade artística, coisa admirável — quanto à dele, bem, era outra coisa, estava já comodamente aviltada ou ele dava um jeito de viver bem sem ela.

A pasta o fazia lembrar-se também do poeta. Um advogado, Placídio, que, embora baixo, gordo, com pouquíssimo cabelo, sempre suando e enxugando-se com sucessivos lenços bordados, era tido por sedutor, devido aos olhos muito azuis e à conversa farta, brilhante, uma frase de efeito após outra e um enorme talento para trocadilhos; seus dois livrinhos de poesia, *Profusão de pirilampos* e *Crepúsculos indeléveis*, eram célebres na cidade, que, aliás, não tinha outro poeta e, de livros locais, só registrava um velho trabalho de história do município feito por um padre, edição por tantas décadas encalhada que até aqueles dias prosseguia sendo distribuída de presente por uma sobrinha do homem.

Placídio estava fazendo algum trabalho para a aposentadoria da tia e aparecia para um café, devorando um bolo de fubá inteiro, enquanto falava de meia cidade (não se incomodava de liquidar com uma reputação se a figura lhe pudesse render uma frase que impressionasse), procurando atrair elogios para si com uma falsa modéstia das mais patentes, ávido de causar deslumbramento como de engolir o bolo, cujas migalhas lhe espirravam no queixo, já que não parava de falar.

Por que a tia tivera de dizer ao tipo que ele gostava de ler e que escrevia? pior: por que ele, lisonjeado, mostrara um conto do livro que nunca dera certo em sucessivos concursos literários? "Obra-prima", ele exclamara, na tarde seguinte, e exigira que publicasse alguma coisa no *Farol do Vale*, semanário de cujo dono era amigo íntimo, "um grosseirão, um idiota, no fundo, sabe? mas meu gosto para ele é lei e não desprezará uma recomendação minha".

No entanto, o homem implicara com uma crônica, achara temível a clareza com que tocava em certos problemas da cidade, não queria ferir suscetibilidades, o jornal fora fundado para exaltar os valores do progresso e da harmonia, para mostrar V. como uma sólida família, "todos irmanados sob a bandeira da honradez e do trabalho" — enfim, por que não falava dos encantos da paisagem e dos feitos dos grandes homens do passado e do presente como o dr. Placídio o fazia tão bem? E vinha muita conversa sobre Kardec, Chico Xavier, Divaldo Franco, Humberto de Campos, sobre espíritos que o orientavam, pairando na redação, para que seu jornal jamais publicasse uma ofensa ou atraísse alguma ira. Morreria se não pudesse desfrutar de amizade com o prefeito e os vereadores, circular entre proprietários de terra, ser fotografado ao lado de quem mandava. Por fim, ele se ajustara, produzindo algumas crônicas inócuas, desanimado, embora a tia adorasse ver o nome da família impresso no *Farol*... e achasse até que convinha emoldurar principalmente aquela em que descrevera tão bem a praça; espantava-se com seu pouco envaidecimento, seu ar descontente; como diria a ela que o que considerava uma glória era uma prova de que capitulava, de que se condenava?

Num outro café oferecido pela tia, meses depois, o tom de Placídio a respeito de seu talento era evasivo — estava mais preocupado com a recente inauguração de um semáforo, o primeiro da cidade (em primeira página no *Farol*..., celebrava a novidade com um artigo exaltado, "Deleitoso acontecimento"). Outra coisa que o obcecava era o escândalo de uma professora que fora vista — "me horroriza dizer isso, minha senhora" — saindo de um matagal com um de seus alunos ainda nem adolescente. Seu novo projeto era um livro de homenagens a vários cidadãos célebres de V., cada capítulo destinado a fazer as novas gerações lembrarem que "esses nomes de ruas e praças tiveram vidas marcantes, assombrosas histórias de heroísmo e ternura atrás de seu acabrunhante anonimato". Candidatava-se a vereador. "Conte com meu voto", ela dizia, servindo-lhe um novo bolo, que experimentasse, não era realmente mais cremoso? "E você, rapaz, continue escrevendo, continue produzindo! Ainda haverá de chegar a me superar, sei disso!"

Por que tinha de lembrar-se daquela cara, daquelas migalhas de bolo afastadas do queixo pelos dedinhos gordos? Noite, ouvia o murmúrio, risos abafados e uma vozinha insinuante, a emitir chavões sentimentais, na televisão de dona Graça; aquilo o cntorpecia e irritava; tinha pensado em sair, ver Russo talvez, mas descobrira-se pesado, lerdo, incerto demais de suas vontades, preso ao cômodo como a um visgo beatífico. Dias sem ver o homem. Estaria sentindo falta daquela abominação? Por que ele não se aproximava, não se definia? Teria, então, que esperar pelo domingo e dar-se por satisfeito com isso.

— Não quer ver o filme, meu filho? — Dona Graça aparecia, seu roupão bordô, suas chinelas deslizantes, uma xícara de chá de camomila para ele — se quisesse, tinha também bolachas de nata, docinhos de leite e coco. Da casa vinha um som de harpas paraguaias. Ela conduziu-o vagarosamente até lá. Queria que visse com ela uma reprise de *A ponte de Waterloo*, o filme que a fizera conhecer Conrado, num cinema imemorial.

10

"Não arranquei da parede a página do *Farol do Vale*, emoldurada, que minha tia pendurou, ao lado do retrato dos meus avós, que nunca conheci. Três, as crônicas publicadas, e me assustava era a minha capacidade de, mesmo contra a minha verdade, escrever coisas daquele jeito, sobre os pardais que cantavam na praça, sobre a beleza do chafariz, o céu róseo de alguma tarde. Mas, eu sabia que tinha que ser assim — nada que ferisse suscetibilidades, tudo dentro do mais conveniente lirismo que se espera de alguém dado às Letras... E, fosse como fosse, aquilo devia estar dentro de uma certa convenção de bom gosto e aceitação culta, porque me levou à casa de Cassandra Coutinho, dos frigoríficos Palmares, numa tarde. Ela telefonara para casa, identificara-se, e minha tia, tremendo de emoção pela importância da figura, fora me buscar no quarto, onde, nos meus dias sem que fazer, eu me ocupava com fumar e, quase sem roupa, amaldiçoar o calor.

Era aquilo: Rebolos e Pancettis autênticos na parede, uma bela estante, flores naturais, a sala de visitas onde nada parecia faltar ou sobrar, as grandes mãos de unhas pintadas, o rosto um pouco fanado, e um olhar sempre atento e preocupado para a escada, enquanto conversava — temia que lá do alto, de repente, descesse o marido, sempre incômodo, sempre capaz de, com sua conversa, pôr a perder a atmosfera chique que ela queria manter. Sabia-se que ele era imprevisível, que bem podia — como um sujeito dissera, às gargalhadas num dos bares próximos ao casarão dos Coutinho — aparecer no meio de umas das reuniões da mulher, vinte anos mais jovem, empunhando uma cueca suja, dizendo que a empregada não a tinha lavado direito e, xingando, mostrando a mancha de fezes, cobrando que ela desse um jeito para que fosse lavada. Desfazia com esses horrores rodinhas de conversas sobre poesia, pintura e outras tantas superioridades dela. Oh, esse marido, que fazer dele? que a perdoassem.

Perdoavam, claro, porque eram dele o dinheiro, o casarão, a vida farta, repleta de livros e quadros famosos que adquirira, mas a mera presença do velho era para ela uma lembrança viva da dependência triste em que vivia — ela, que vinha de família culta, de gente de longínquos ramos quatrocentões que jamais tinham perdido a pose, a despeito da pobreza. Não podia desprezá-lo, não podia escondê-lo — tinha era que vigiar constantemente para que não escapasse do andar superior, não brigasse com as empregadas ou enfermeiras, não lhe aprontasse alguma gafe das que já tinham se tornado públicas. Estendia-me uma xícara de chá, ao lado umas bolachinhas de nata, e elogiava-me as crônicas no jornal, olhando lá para cima, inquieta, sorrindo para disfarçar a inquietação, interessada no que eu escrevera, lendo em voz alta — uma voz que modulava numa justeza de tom a um só tempo objetivo e emocionado — e lembrando os literatos de sua família, gente que publicara alguma coisa, claro, claro que você publicará algum dia, vejo aqui um grande talento, um grande potencial, e é tão jovem ainda — deitava olhares sobre minha figura, não sei se tirando deles qualquer conclusão aprovadora. Precisávamos fazer um círculo, atrair mais gente que escrevesse, estava interessada em promover os poucos, raros artistas, que V. demonstrava possuir.

Interesse problemático. Porque eu precisava demais de ajuda, de quem me lesse, de quem atentasse para a minha existência, e comecei a passar dos limites, aparecendo a qualquer momento, encantado pelo fato de que uma criatura tão delicada e culta houvesse se interessado por mim. Eram almoços para os quais era convidado educadamente, que iam bem até que 'o velho' descesse a escada e se pusesse a comer entre nós, nunca me aprovando, sempre com umas tosses, uma pressa em devorar os pratos, reclamando da carne, do feijão, da salada, dos pratos complicados que afastava com um olhar de desprezo e desconfiança, deixando-a ruborizada, cheia de sorrisos e tentativas de explicação. Ele me olhava, olhava para ela, tentando compreender o que a mulher, com sua mania de quadros, de livros, poetas, jornalistas, viagens, visitas importantes de uns intragáveis que roubavam as horas que ela devia devotar somente a ele, tinha arrumado agora: esse aí, borra-botas, comendo de minha comida, que é que vai querer, que é que essa bestalhona anda esperando dele? Ela quase precisava explicar que era um caso extremo, de piedade, de filantropia urgente, o meu — se eu fosse aleijado, teria sido providencial. Perguntava de minha família, conhecia a minha tia, resmungava umas coisas que eu não compreendia, lembranças vagas de passagens por sítios, de outros parentes. Minha tia arregalava os olhos, ao falar dele, em casa: 'Um dos homens mais ricos deste estado, benzinho... Ah, se ela te arrumasse um bom emprego!'.

Por mais que gostasse daquilo que eu escrevia, só poderia fazer o que fez — aparecer um dia em casa, o carro do marido deixado lá fora, e, sorridente, devolver uns livros que eu havia lhe emprestado, um caderno de meus escritos incertos que dera para que avaliasse. Esfregava as mãos, sorria, olhava para a minha tia, satisfeita por perceber nos olhos dela uma reverência que os meus, espantados, não tinham. Tinha que se explicar, tinha que continuar imaculadamente fina e não parecer nem nervosa nem preocupada demais, aquelas mãos se crispavam com grande elegância, ela dava uns passos na varanda, recusava-se a entrar, e, enquanto isso, a caminhonete do 'velho', de um azul-marinho reluzente, estava lá fora, ele ao volante, sisudo, sem olhar para os lados, esperando que ela fizesse o que cabia a uma esposa com seu sobrenome fazer. 'Sabe, temos que compreender, as visitas... Entende, não é mesmo, querido?' — dirigia-se a mim. — 'Talento inegável, o seu sobrinho, minha cara...' — voltava-se para a minha tia, e, depois, para nós dois. — '... Mas, Terêncio é um pouco temperamental, compreendem? Muito sensível, uma alma maravilhosa, mas, sim, tem seus ataques de nervosismo, de intolerâncias. Então, convém moderar...' — e, quando olhou para mim outra vez, entendi que era muito mais escrava do que poderia jamais, nem para si mesma, admitir. Lamentava que eu fosse incapaz de, compreendendo certas regras, saber quebrá-las convenientemente, desempenhando um papel inteligente que só dos homens ela, a maravilhosa inerte, a rainha engaiolada, a musa mutilada, podia esperar, e eu não era nem hábil nem cínico, era apenas carente. — 'Olhe, serei sempre a sua leitora, espero que publique mais coisas, dê essa honra para o semanário, um privilégio para a cidade possuir um escritor como você.' — E foi se despedindo, recusando seguidamente o café que minha tia queria lhe oferecer, voltando para a caminhonete que, mal ela entrou, deu a partida rapidamente."

11

Erguer-se, rebelar-se. Não era justo que fosse sempre assim, quase indiferenciado, quase um nada, no cômodo dos fundos, ou lá na frente, ao lado de dona Graça, assustado com o mundo, compartilhando os chás, as sessões de filmes, os discos. Erguer-se. Procurou uma de suas melhores camisas, vestiu uma calça, engraxou cuidadosamente os sapatos. Possível ficar bonito, com essa cara, esses óculos? Carla devia ter achado algum encanto nele, se Russo insistia daquele modo. Passou perfume no pescoço, no peito, nos braços. Sorriu. Ainda cuidaria melhor desses dentes, um dia. Algumas modificações, e seria aceitável, ao menos. Na rua, rezou para não se encontrar com o homem, ou se sentiria ridículo com a roupa limpa, com o ar de assepsia; imaginou que ele notaria a mudança de imediato, que faria um ar de zombaria, e se risse dele, então, desmoronaria. Tinha a impressão que uma risada dele teria um som letal. Isso fez com que tapasse os ouvidos, de simplesmente imaginar. Dando-se conta de que estava na rua e alguém poderia olhá-lo e estranhá-lo, recompôs-se devagar, e conseguiu banir os pensamentos sobre o homem. Foi andando firme, mãos nos bolsos, supondo que estaria muito bem quando entrasse no prédio de pastilhas, que Carla o receberia com aquele olhar tímido, procurando disfarçar o entusiasmo.

O elevador não funcionava e subiu às escuras, pela escadaria, ouvindo sons que se misturavam nos corredores, alguma televisão ligada, gritos, palavrões, campainhas importunas, crianças. Depois, parou em frente a uma porta de um cinza-claro descascado, que ela abriu devagar, parecendo surpresa. Tinha uma tábua de bater carne à sua espera numa pia, estava de avental e disse "boa hora", apontando o fogão a gás e as panelas, quando ele finalmente entrou e se instalou num sofá coberto de muitos retalhos coloridos. Falava baixo. Um pouco embaraçada, explicou:

— Tenho vizinhos xeretas, parece que escutam tudo. Ou, sei lá, posso estar exagerando. — Riu, reagiu, ergueu a voz. — Você veio, então. — Olhou-o devagar, e pareceu entender que ele estava vestido anormalmente bem, para a ocasião; o que achou disso, impossível ele saber. — Eu nunca imaginei que viria. Te achava muito... retraído.

— *Eu sou* retraído — ele disse, e se encolheu, olhando para as paredes. Sobre uma estante rudimentar, entre alguns bibelôs e bichinhos artesanais de palha e pano, viu a fotografia de um menino de talvez dez anos. Ela notou que ele olhava para aquela direção, mas nada comentou. Ocupava-se em cortar cabeças de alho em fatias bem fininhas e esmagá-las com o cabo da faca. Depois, foi à geladeira pegar beterrabas e um pouco de alface.

— Me sinto sozinho, lá em casa.

— A velha não te faz companhia?

Surpreendeu-o que ela soubesse. Disse: — Nem sempre... — e riu.

— Sou sozinha, também.

Ele olhou em derredor. Morava apertadamente, e ele se pôs a imaginar por onde andaria o menino — com um pai muito distante? Estaria vivo? Sentiu que nada devia ser perguntado. Baixou a cabeça.

— Não precisa fazer essa cara, eu me viro bem. Dentro do possível.

— E o Russo?

— Passou por aqui, hoje... — disse, pensativa.

— Não dá pra chamá-lo pro jantar?

— Não vai dar. Quer conferir? — soou como se tivesse raiva, como se quisesse abafar qualquer forma de incredulidade. — É só ir até ali. Apartamento 34.

Ele olhou-a cautelosamente.

— Acredito em você.

Ela ligou a televisão para ele, que ficou atento a um noticiário em volume baixo. Depois, jantaram lentamente o que ela improvisara. Os ruídos de talheres, de cadeiras que cediam à sua ocupação, de um velho relógio de parede que parecia uma herança de família deslocada no apartamento exíguo que, no resto, afetava modernidade, dos sons que o prédio produzia naturalmente — vozes de uma pobreza que se tornava ainda mais dramática, quando apenas imaginada ou pressentida — davam-lhe nos nervos, porque ela permanecia muda. Melhor seria nunca ter saído de casa, arriscado essa visita que não tinha uma razão muito clara — e se ela ficara impressionada com o modo com que ele se vestira, agora até poderia rir, porque na camisa de um amarelo-claro dois ou três pingos da salada de beterraba deixaram-no sem graça, esfregou, esfregou, e ela foi correndo lavá-la, deixando-o de tronco nu ali mesmo. Voltou, apressada. Ele terminou a comida, ergueu-se da mesa, cobriu o peito, com um pudor que não parecia fazer sentido algum.

— Eu não devia ter vindo.

— Não diga isso. Eu gostei... — Ela refletiu longamente sobre algo que a fazia sorrir tristemente enquanto apanhava a tábua de passar roupa e ia montando-a para secar a camisa rapidamente. Não era bonita, talvez houvesse envelhecido demais para esses presumidos 33, 34 anos, e os dentes estavam manchados de cigarros, precisava de mais carnes, os seios eram mirrados; de atraente, aqueles olhos que eram de um azul bem clarinho, uma boca bem desenhada, um sorriso sem impostura e um calor inequívoco.

— Fico sozinha, quase sempre. E o Russo...

— ... sim?...

— ... vem pouco. Quando precisa. Hoje, era de dinheiro... — fez uma carranca resignada. — Sou uma irmã, entende? uma irmã providencial. Faz anos. É preciso compreendê-lo, não contar com nada. Dias, meses longe, quando cisma, e pode não voltar, e que é que eu poderei dizer? Não deixa número de telefone, acho que nem ele mesmo sabe pra onde vai ou onde vai ficar. Seja lá como for, eu espero, eu espero. De vez em quando, me traz um presente.

— Parecia ironia, porque seus olhos se voltavam era para caixas, algumas embalagens, garrafas, que eram estranhas ao ambiente, encostadas num canto da sala. Coisas que ele deixava ali, de passagem, para que fim? — ela balançava a cabeça, voltava a olhá-lo.

— Não é aqui... — ela ergueu os olhos para ele, com uma tristeza orgulhosa. — Não é aqui o seu único porto. Ele tem outros. Quem sou eu, né? Nada de quebrar o tabu do incesto... — riu. — E eu tenho que ir lá bater no 34 de vez em quando, urrar naquela porta, que abra. Pode ser que esteja morto, eu sempre penso, espero o pior. Vem aqui... — ela fechou os olhos para uma lembrança — ... mas parece uma concessão, tem sempre pressa. Egoísta demais, generoso demais. Nenhum rumo na vida. E tão bonito... — fechou os olhos, fungou um pouco. Ele tentou imaginar como uma mulher poderia achar Russo bonito, mas o amigo, sem nada que parecesse beleza no sentido mais imediato, tinha sem dúvida uma dessas masculinidades inteiras e compressoras, afirmativas e displicentes, que atraem e perpetuam desejos, e nisso o sabia muito melhor, mais apropriado que ele; sentou-se, ficou olhando-a.

Ela continuou:

— Pediu pra que eu mostrasse interesse por você, pra que eu te convidasse.

— Olha, eu não preciso disso...

— Precisa sim. Todos nós precisamos.

— Se não pode ser com quem queremos...

— Você pensa que há muita escolha? — ela riu. — Eu me conformo. Já fiz de tudo, para agradá-lo.

— Não compreendo.

— Nem eu. Só sei que é assim. É assim que ele quer.

Ficaram mudos por mais um bom tempo, até que ele se deslocou até a janela. De costas para ela, olhou para os prédios, para a noite. Um vento começou a zunir, a balançar algumas placas dos prédios nas proximidades. Um *outdoor* imenso lançava uma nova marca de cueca. Acendeu um cigarro e, daí a pouco, sentiu que ela tocava em suas costas; voltou-se, ela mostrava a camisa sem manchas, sorrindo, e vestiu-o com ela delicadamente.

— Você fica bem de amarelo — disse. Depois, despiu-se devagar em sua frente. Um corpo sem muito em que pegar, mas harmonioso.

— Não quero.

— Faça por ele. Como ele faria.

— Não sou ele.

— Não serei eu.

12

A rodoviária estava quase vazia. Pensara em dizer alguma coisa em despedida a Russo, embora não tivesse certeza de que queria revê-lo. Ao passar pelo bar, vira-o deserto, e, erguendo a cabeça, notara uma figura erguer-se também por detrás do balcão. Cruz. Olhando para ele, muito sério. A expressão era de quem poderia, naquele momento, querer uma conversa — esse amigo não poderia dar algum esclarecimento sobre o paradeiro do outro? Acertos, pensou. Aquelas dívidas deviam estar ali, em anotações sobre papel de pão, havia meses. Apressou o passo, e, aproveitando-se da passagem de um amontoado de transeuntes, sumiu. Ainda assim, não conseguia esquecer-se de Carla nua, presente dele. Fechara os olhos, fora capaz, fora rápido, ela decididamente não gozara, mas ele saíra do apartamento sem querer pensar em mais nada, satisfeito como alguém que não precisasse entender mais do que entendera, sentir mais do que sentira, e o corpo apaziguado. Agora, em que pensava? Confusamente, eram as nádegas de Russo, montado em Neide, que lhe vinham à cabeça. Teria tido um desempenho como o dele? Os detalhes precisos e repugnantes daquele ir e vir, daquele arfar, lhe voltavam à memória, e ele precisava de escuro, esquecimento, pressa, enfiar-se na multidão, aturdir-se.

Fechava os olhos quando essas imagens lhe apareciam, entranhas, genitais, o rosa-arroxeado das partes cruas, porque temia ver o mundo todo, mesmo as pessoas mais amigáveis, como bestas assustadoras, empenhadas em darem-se prazer à custa de submeterem umas às outras, a hostilidade tudo presidindo. A rodoviária, com seu movimento, serviria bem agora — precisava dissolver engulhos, servidões, enigmas, em coisas indiferentes, impessoais. Os ônibus, os ruídos, ser engolfado, sim, engolfado.

Guardara as malas e fora beber num bar desconhecido, o bastante para ficar um pouco bambo, querer rir por qualquer motivo estúpido. Estava sendo olhado. Sabiam. Olhava para as pessoas agora e lamentava não ter amigo algum que pudesse significar algo além de desdém, piada, escárnio. Ao fundo, uma persistente pieguice sertaneja, que daí a pouco reconheceu, surpreso, como a versão de um clássico de Simon & Garfunkel. O *"fools, said I, you do not know/ silence like a cancer grows..."* da letra original, aonde fora parar?

Dor de cabeça, olhos, gestos pesados, difíceis, e a cara do vendedor de passagens do guichê borrada, torta, no vidro; quase não ouvia a voz, entregava o dinheiro com medo de que estivesse pagando mais e o outro embolsasse a diferença; parecia-lhe que o homem ria, que todo mundo ali examinava cada um de seus gestos, sabia que ele fugia covardemente, que não dera certo, que precisava de novo viver junto a uma mulher velha para não olhar diretamente a vida. E então, imagens de mulheres velhas, muitas, desfilavam por sua cabeça; eram todas insuportáveis, tiranas, cheiravam a pouco banho e a roupas sem lavar havia muito tempo; a suspeita de uma genitália suja era nauseante. Estavam de marrom, de negro, roxo, com seus rosários, xales, lenços; eram fortes, corpulentas como camponesas, pernas cheias de varizes salientes, e, embora nada dissessem, a mera existência delas era um julgamento desfavorável da sua; por que iriam lhe perdoar se ele nunca lhes fora suficientemente grato, se ele quisera escapar?

— Me dá licença, por favor... — disse a alguém que estava em seu caminho para o banheiro. Pagou na roleta a uma mulher gorda — outra das velhas, outra das que tinham uma genitália não lavada — e disparou para um cubículo muito limpo onde vomitou, vomitou seguidamente. Depois, deixou-se escorregar pela parede e, sob a porta, viu pés que passavam, ouviu que forçavam a porta e desistiam, xingando, jatos de urina, tosses, escarros, conversas, risos; o cheiro de desinfetante de eucalipto era forte, mas já não havia o que vomitar. Imaginou que por ali vagavam tipos mais fortes, sólidos e másculos, os inevitáveis e odientos bem servidos cujo prazer maior era desembainhar suas superioridades e urinar grossa, ruidosamente, feito cavalos em pasto aberto, ao lado dos tímidos, tolhidos e envergonhados como ele, donos de um jato mais fino e sem poder de fazer o barulho afirmativo. Saiu do cubículo aliviado, com a cabeça clara, e foi se postar bem ao lado de um grandalhão de camisa xadrez, ofegante. O homem nem o olhava, mas ele puxou o seu para fora o mais que pôde, pondo-se bem à vontade, exibindo tudo e chacoalhando com vigor, orgulho. Teriam que respeitá-lo, era preciso que o respeitassem como parte legítima da raça privilegiada. O grandalhão respondeu com um sorriso. Não era nada que o impressionasse, e, se fosse, ele nunca daria mostras disso.

Finalmente, o ônibus. Não, o homem não aparecera e tampouco estava à espera, o filho da puta, com sua mania de ser imprevisível, entre os passageiros já acomodados. Apalpava os bolsos, sentia a carteira, tinha um estranho medo de que seus documentos sumissem e com eles a sua existência. E se tivesse um colapso e caísse sem identificação em algum hospital desconhecido, desses que extraem órgãos de indigentes para negócio? Parecia-lhe que tinha de proteger a braguilha, que obscuras pinças voltadas para ela estavam armadas do outro lado, à espera que ele cometesse um vacilo besta. Palavras de tia Ema: viajar era perigoso por isso — e se te acontecer alguma coisa num lugar onde ninguém te conheça? Já pensou em morrer longe de casa, do que você mais ama, da tua terra? Existirá coisa pior? — logo você, meu querido, tão nervoso, tão inseguro, tão sensível, tão precisado de cuidados! Eu só viajo pra perto, pra um lugar onde tenha um parente, um conhecido antigo...

Deus, quantos medos, quantas advertências, que vida a dela! Fora viajar, o medo dos rios, por riachos que fossem, porque conhecia tais e tais histórias de afogamento; no mato, impossível passear, nem mesmo nas chácaras vizinhas — e as cascavéis, urutus, jararacas, sucuris? — e então era a história do garoto engolido bem ali, no poço do ribeirão do Bagre; quanto a desconhecidos, não era necessário repetir a história do "Cascudo", que levara o garotinho para fins que ela não se atrevia a sequer sugerir e depois o jogara no fundo de um poço doméstico; trancar bem as portas e janelas, desconfiar, desconfiar sempre — a prudência maior que a vida.

Quanto tempo ainda? Essas cidadezinhas iguais, a igreja dominante, as rodoviárias pequeninas, apáticas, com um ou outro bêbado madrugador, as conversas abafadas no ônibus, os que saem, alguém que entra animado, depois novamente o silêncio, a estrada, o escuro, as luzes incertas; como V. era longe! que consolo poder voltar a um lugar tão pouco atraente, tão bom como esconderijo, anulação, fim de sonhos, de riscos!

"Apenas uma rua pouco mais movimentada — nos domingos, o trânsito para carros fechado por cavaletes, o footing. Tudo está perto — a igreja, o cine Tavares, a sorveteria Glória, o bar do 'Azulão' — que à noite canta ele próprio tangos para os fregueses —, a praça com suas luminárias antigas preservadas, o chafariz todo ano repintado, cada um dos três querubins sonhadores em gesso azul e rosa reluzente, o coreto já sem a célebre banda do Atanásio, pipoqueiros, vendedores de paçoca e quebra-queixo, famílias espalhando-se ao fim da missa, os poucos ricos da cidade, ou melhor, seus filhos, nos carros do ano, de vez em quando um parque de diversões na periferia, um circo de curta passagem, teatro amador num salão paroquial, o prédio dos Correios, gente à toa nos bancos da praça, um mictório público com o nome do prefeito em tinta azul sobre fundo rosa, o tempo de sua gestão, os tipos de olhares incivilizáveis que vêm das roças abandonadas para fazerem nada, caramanchões, a profusão de sapos, o calor, o calor invencível, de árvores que se imobilizam pela eternidade, as cervejas, os tipos sem camisa ávidos demais para as mulheres que não podem e não devem, calor, calor, calor.

Não quero e não posso perder minha vida aqui. Mas há algo que me prende, talvez a delícia da condenação, gestos controlados, nenhuma necessidade de ser. As tetas de pedra são seguras. Tudo pequeno, tudo abotoado. Ninguém saberá que sofro — aos poucos, até eu esquecerei que isto é sofrimento, que estou num presídio e que só tenho a liberdade de dar um passeio regulamentar pelos pátios rigidamente vigiados."

Quanto tempo remexendo-se no assento duro, ruim como cadeira ou como cama, à sua frente uma dupla de passageiros numa interminável conversa sobre futebol e loteria ou algo do gênero, em que nunca se chegava a um acordo objetivo e nada parecia possível sintetizar? De que tanto falavam aqueles dois, afinal? A exasperadora futilidade das coisas, pelas quais as pessoas podem se matar. A estupidez empenhada, minuciosa, convicta. Deus, se ele pudesse descansar um pouco!

Quando dormiu, foi talvez rápido demais e, ao abrir os olhos, eis a abençoada, a maldita e familiar paisagem de V., a rodoviária vazia, duas caras conhecidas esperando passageiros na plataforma, os pardais, "passos-pretos", o calor, um policial cuja cara não lhe era estranha olhando para o ônibus, as pernas bem abertas, a radiante obtusidade, aquele ar habitual de quem quer parecer muito importante e atarefado. Desceu, esperou a retirada de sua mala com o tipo ao lado, medindo-o; ele o conhecia também, claro, mas estava incerto disso e emitiu um grunhido parecido a um bom-dia, a que ele respondeu com um sinal de cabeça, trêmulo. Virou-se, tropeçou num cachorro adormecido, que mal reagiu, e tomou seu caminho.

13

Sentiu vontade de parar diante da igreja. Um pequeno movimento de beatas e mulheres da sociedade vestidas discretamente já se fazia para orações matinais, no átrio. Pardais, um flamboyant por florir, um cheiro forte de manhã com pães frescos, margarina, leite subindo em canecas, frituras, água a cair em alguma parte, as primeiras carriolas, bicicletas, os carros, gente passando soturna ou efusiva pelas ruas, e o cheiro, vivo e tenro, era interrompido em seu fluxo pela imobilidade e as sombras da igreja — em torno dela, movimento e luz, e, lá dentro, o silêncio das muitas décadas, aqueles bancos que bem reconhecia, onde se sentara tantas vezes ao lado da tia, respirando de sua nuca um aroma de banho, vendo sua cabeça, o coque sob o xale.

Tinha que entrar um pouco. Agora, era outro o cheiro — o de algum detergente que o sacristão, um Elias octogenário, ainda presente, usava com uma abundância abusiva. Olhos se voltaram para os dele, ora ostensivos ora velados. Ajoelhou-se, rezou o que sabia rezar, sem sentir nada, dormência, tapeação. Deu com a escultura da Virgem bem ali, uma profusão de ramalhetes de flores das mais variadas espécies e matizes. Aquele rosa do rosto, das mãos, o manto azul-celeste, as estrelas douradas, eram os mesmos diante dos quais vivia se encantando, ao sair do confessionário, com a penitência por fazer. A mais bela das mulheres, sim, nada reluzia tanto, nada tão ouro, tão céu, tão rosa. Parecia-lhe muito mais fácil e simples rezar para ela, para a Mãe — o Filho o incomodava pela cruz, pelas feridas, por aquele suplício que seguiria sendo cobrado em submissão e dor indefinidamente, e guardava uma impressão de terror das procissões de Sexta-Feira da Paixão quando, seguindo a tia, as velas seguradas com invólucros de papel impermeável, vislumbrava, no andor, aquele corpo do Senhor Morto, para o qual toda a culpa, toda a expiação, era pouca. Morto, e que gravidade, que ternura, que peso para todos! — nunca uma morte com tantos ecos, tantas elegias, tantas carpideiras, tantos envolvidos. Era de fato um enterro, e ela, a *Verônica* — a conhecida soprano Iraíde, professora de um dos dois grupos escolares — bem garantia que não havia dor maior que aquela, parecendo cantar só para ele, ele que não fizera nada, que não matara ninguém, que ia cabisbaixo, que apertava a vela erguida e se esforçava para não bater os olhos de novo no andor e ver aquele corpo nu para o qual nunca se chorava o bastante. Viu, de repente, que alguém queimava o cabelo de uma das acompanhantes e que esta, desesperada, tentava apagar as chamas com tapas, ajudada por alguns — mas, nenhum riso, não havia comicidade alguma nas fileiras. Se ela morresse queimada, a partir dos cabelos, era o lugar para morrer, virar pedacinho de carvão em glória — uma alma, outra, salva pelo martírio.

"Era preciso entrar com cuidado, devagar, e postando-se ajoelhado ali, naquele escurinho — por que me lembro sempre de um cortinado bordô-mais-para-roxo que era muito, muito escuro e pesado, difícil de mover com bom esforço para que se entrasse e atrás dele se ficasse escondido? Uma sombra lá dentro, do outro lado, sem olhar pela treliça, e dela eu só podendo ver um braço envolto em tecido de batina preta, a mão que se punha no queixo, o rosto que raramente se virava — era uma escuta que tinha que ser solene e impassível, sem se abalar com o episódio mais cabeludo que estivesse sendo desfiado, apenas um par de ouvidos complacentes — e o pedido: 'Conte seus pecados, meu filho'. Sim, pensei feiuras, até com Nossa Senhora pensei feiuras (um suspiro de desgosto e susto lá do outro lado), respondi pra minha tia, xinguei meus colegas, quis brigar, fui malvado com um gato, fiz aquilo, aquilo, aquilo, terei perdão? escaparei? Ao olhar para as mãos crispadas, pedintes, despregava-as, queria atirá-las fora, precisava não vê-las, e a voz lá, algumas vezes recomendando penitências básicas, outras, advertindo: 'É por aí que Ele chega... Ele aparece sempre para os meninos que praticam onanismo'. Palavra mais estranha, pensava. 'Sim, sim, vício infernal, atrativo para Ele. O Diabo, o diabinho, viu?' — era preciso não deixar dúvida sobre de quem se tratava. 'Ele aparece aos pés de sua cama, e só com um daqueles olhares de fogo, uma daquelas risadas malignas, você pode enlouquecer de medo.' 'Não farei mais isso, nunca mais, não.' 'Reze muito, meu filho, reze.' 'Quanto vai ser preciso?' 'Vai ser preciso muito, a vida inteira, que isso, o desejo torpe, ofensivo ao Senhor, não acaba, vai ser preciso rezar até morrer. Até morrer.'"

Saiu, e dali, de onde partiam as procissões, pegou a rua que o levaria para a casa da tia. Passa-se uns anos longe, e eis novas lojas surgindo, lanchonetes sendo substituídas por outras lanchonetes, o banal pelo banal, o estúpido pelo estúpido, e sempre novas gradações de banalidade e estupidez e utilitarismo sem beleza se sucedendo, moda no início e em seguida despojo, nojo, ruína, o aumento dos figurões donos de bustos e de nomes nos bancos dos jardins, um velho comércio de bugigangas sendo substituído por outras de 1,99, gente bem conhecida que envelheceu, que está doente, que, se te encontrar, dirá quem está doente ou por morrer com o alívio e a ansiedade de quem, por enquanto, escapou da Foice. Na porta de um, dois bares, nada parece atrair tanto quanto um folheto de funerária que dá a morte do dia ou da semana. Verdade que, com a cidade aumentando, com bairros periféricos que crescem ou surgem, impossível saber quem são essas figuras que se foram para a paz eterna de que é mais aconselhável guardar distância, mas, não tendo sido o leitor do folheto, uma delícia — claro que provisória, pois que o bote vem do Alto, é insondável, somos galinhas que um dia terão seus pescoços cortados pelas mãos do dono obscuro. Só resta rezar. Mas ele degola de uma única vez, imprevista, com uma hora que é precariamente adiada pelas orações.

Reconhecia um rosto, um corpo, uma certa voz que o cumprimentava. Não fazia tanto tempo assim que deixara a cidade e ultimamente, o que lá consideravam progresso andava dando as suas caras, "vamos todos passar um pelo outro sem nos cumprimentar pra fingir que a cidade ficou grande", dizia um dono de boteco, brincando, e, de resto, não podia contar com afetos mais que desmemoriados, nunca havia certeza de que ele era bem ele, de que já tivera um papel na comunidade, se bem que esquivo, e, no remoinho das atividades, dos acontecimentos novos, das novas caras, que diferença faria uma que já estivera ali por muito tempo sem significar mais que um sinal reconhecível entre tantos outros?

14

Ela conservara seu quarto como se o esperasse de volta para o mesmo dia da partida, o rádio estourava com a marcha de John Philip Sousa que abria o noticiário de Belarmino Rosa, "a voz mais aveludada do vale do Tietê", a janela dando para o abacateiro, só a casa da vizinha reformada, quase irreconhecível.

Deitou-se no colchão de palha, olhou para o crucifixo, a cômoda, o guarda-roupa, como se essa mesmice não fosse um arranjo da tia, mas uma predestinação, uma implacável decisão do Obscuro de fazê-lo prisioneiro de certas visões, de lugares imutáveis, de uma fixidez e de uma familiaridade nem por isso menos enigmáticas.

Nesse quarto, menino, vira o Diabinho, ele próprio, se acocorando, bode flamejante, a gargalhada mortífera, nos pés de sua cama. Sonho? Não teve certeza, mas lembrava-se do dia, um dia de muitas idas ao banheiro ou entradas nesse quarto para aliviar-se da visão, do desejo que o transtornara ao se deparar com uma vizinha despindo-se no quintal. Sabia, tinha ouvido cochichos sobre a mania de exibir-se daquela mulher — cujo marido era muito silencioso, e talvez por isso muito temido. Vivia em vestidos muito decotados ou em saias curtas pelas ruas, andando meio que dançarina, gulosa de ser olhada — anátema para a sua tia, que chegou a fazer novenas para que ela se mudasse (e deu certo, pois foi vizinha por menos de um ano). Naquele dia, no entanto, fora demais o seu desejo, a sua ânsia. Ela sabia — claro que tinha que saber — que havia alguém olhando-a do alto do abacateiro, com vista perfeita para tudo que ostentava, como que alheia, lá embaixo, brisa nos pelos, brisa privilegiada a ventilar o túnel, um lençol estendido sobre um quarador de grama, para tomar sol. Nó na garganta, palpitação de não conseguir segurar direito os galhos, ele descera, e fora o dia todo assim, a imaginação muito viva, o deleite, e, depois, rezas, tapas na mão, promessas de não reincidir, quebradas daí a uns quarenta minutos. Tocar, tocar, tocar. E, quando dormiu à noite, impossível saber quantas ave-marias e pais-nossos dissera, quantas vezes prometeu que não faria mais, nunca mais — tudo, tudo, tudo para ser poupado da visão do tétrico gnomo vermelho, do incandescente, do sulfúrico, bem ali em sua cama. E vira-o, ou sonhara-o, e, afinal, não morrera. E uma descrença profunda de que fosse necessário se emendar, deixar de gozar, começou a instalar-se, sorrateira e seguramente, em seu espírito. Mas, as rezas — fosse para exorcizar outros tantos medos indefiníveis, ainda que ineficientes — nunca as deixou. Rezar, rezar. Para nada. Para espantar, por vezes, um terror difuso, generalizado, por se sentir vivo, tentado a tanta coisa horrível.

Incomodava-o agora a lembrança da noite em que — quantos anos tinha? — tivera a certeza de que alguém andava de cá para lá, inquieto, no corredor que ligava quarto e sala. O homem, alguém que de modo algum poderia ou deveria estar ali, acabaria por bater à porta, pedir para entrar — ele não querendo, haveria arrombamento. Encolhia-se por completo na cama, à espera do que de pior fosse decidido, suando. Nada. Os passos, no entanto, continuavam. Tiravam-lhe o sono. Eram pesados, bem definidos — inequivocamente masculinos — e impacientes.

Quando decidiu, no meio da madrugada, levantar e abrir a porta, acender a luz do corredor com quanta coragem desesperada fosse possível, já nada mais ouvia. Estava vazio. Não conseguia crer que tivesse apenas sonhado. Precisava entender. Esperou a noite seguinte, outra e mais outra. Aprendeu a conhecer os passos, distingui-los com precisão infalível dos da tia ou de alguma visita da igreja que ela tivesse. Os do estranho tinham uma qualidade singular, uma como que musicalidade escura. Havia uma identidade precisa ali, no seu visitante, mas como ousaria sair dos cobertores que o embrulhavam e eram insuficientes para aplacar a sua tremedeira? Para decifrar o enigma, precisaria arremeter-se nos momentos mais duros, quando os sons do corredor eram totalmente nítidos e produzidos por alguém ou algo presente de modo inegável. Mas era nesses momentos que queria, que precisava morrer. Toda essa indecisão acabou, a presença desapareceu, a tia tinha trazido o padre e benzido a casa inteira, uma prática a que recorria com certa regularidade, e ele nunca dissera a ninguém de suas cismas e terrores. Benzido, o corredor não poderia ser mais pisado por estranhos.

Dormiria. Tinha de passar, acabaria, não mais Russo, não mais Cruz, Andrade, Carla, Neide, dona Graça, loura da escola de inglês, escritores sumamente simpáticos, cada pessoa se desfazendo em um risinho, sombra engolida por sombra, só mesmo a presença da tia a dar um sentido — qual? — à sua vida. Evitava pensar no perseguidor. Caso encerrado: não havia como ele descobri-lo em V. Estava salvo.

Dormiu pesado, acordando com a voz da tia e a empregada a olhá-lo timidamente, querendo rir, um lenço de estampado berrante, as sandálias de borracha uma de cada cor. Preparariam o almoço e ele teria tempo para passear um pouco pela cidade; tinha crescido muito, segundo a tia, já não era mais segura, "tanta gente desconhecida, ouço cada coisa no rádio! não quer mais um pouco de doce? Rita, me pega o martelinho...".

Nunca discordava da tia, do doce que ela lhe empurrasse, do devaneio qualquer que disparasse a lhe descrever. Ruim era olhar para o quintal e notar que o abandono era grande, a tia não podia cuidar de nada com o zelo autoritário e lúcido de antes, e ele não iria mais esconder-se lá, fazer de conta que não a ouvia chamando para dentro, deixá-la nervosa e ansiosa pelo prazer de se furtar às ordens dela, ao menos de vez em quando. A empregada parecia passiva e satisfeita, lerda e desatenta.

Lembrava-se, lembrava-se. Sempre ela, sempre ela, a tia, toda a sua família, todo o seu significado; mal se referia à irmã — que lhe morrera aos 45 anos, deixando-lhe o marido imprestável ainda vivo, mas proibido de aproximar-se da casa. E, em certas noites, Cedúlia ainda viva, a voz grave rugia lá fora, "Duia, Duia!", mas ele não se atrevia a ir à janela para constatar que o pai a rondava, porque achava que certa estava a tia, que se precipitava para tirar a irmã da janela de seu quarto até com tapas, se preciso fosse, para que não o ouvisse. "Duia, Duia!", ecos do gemido rouco do homem incomodavam-no de manhã, ao café, mas a tia, inabalável, e a mãe, lerda, vagavam pela cozinha de um modo tão rotineiro que não se suspeitaria de que, na madrugada, uma havia suprimido toda a agitação da outra com eficácia cruel e que o amaldiçoado fizera outra vez a sua ronda.

Encaminhou-se para o portão azul-claro, de pintura descascada, e ouviu-a pedindo para que não esquecesse de trazer o leite e uma latinha de Pó Royal. De uma casa vinha "Twilight time", com Billy Vaughn, a música que abria, em certo tempo, as sessões noturnas do Tavares. Lá, uma vez conseguira, pouco a pouco, ir chegando-se à cadeira onde havia uma garota, já com alguma fama de conceder. A operação fora demorada, mudar de cadeira para cadeira até chegar à sua fileira, no escuro, mas havia pouca gente na sessão e ele se animara. Quando, por fim, não sabendo como aquilo poderia ficar mais rijo, tanto o desejo, chegou aonde ela se encontrava, e ela até que se virou, sorrindo, as luzes se acenderam, o filme acabou, e por sorte não tinha nada para fora da calça. Voltaria a tentar noutras noites? Não, ela sempre tinha companhia e, aos poucos, arranjando um namorado sério, deixara de frequentar o cinema, para desespero de uma freguesia que havia crescido muito. Havia servido a tantas fantasias que, sem outra identidade além daquela com que era imaginada, elogiada e difamada pelos garotos, precisava da âncora que fosse.

Entrou numa mercearia. Foi imediatamente notado por todos. Não sabia o que dizer. Pediu um refrigerante. O dono o olhava com muita atenção, procurando reconhecê-lo, acreditando reconhecê-lo, com uma mal disfarçada vontade de perguntar quem ele era, obter certas confirmações. Alguém, numa mesa de quatro ou cinco desocupados, sussurrou o nome de sua tia, houve aquiescência desdenhosa dos outros. Tomou o refrigerante rapidamente e saiu.

Ao andar em direção à igreja, teve a sensação precisa de que os passos conhecidos, a marcação inflexível, retornavam. Não quis olhar para trás e apressou-se, feliz por ser dia claro, o lugar inteiramente conhecido, um território público onde nada poderia ser feito contra ele, alguém haveria de socorrê-lo. Então, ficou um pouco indeciso entre a sorveteria, o cinema e o templo, sem deixar de sentir em suas costas a vibração, a densidade da presença odienta. Parecia que, telepaticamente, o homem orientava a sua escolha; o lugar para onde tinha que ir era o bar do "Azulão". Lá havia um só freguês e o cantor de tangos com cara de sono, camisa estampada, olhando para fora — para ele — com curiosidade. Então, sentiu-se seguro para virar-se e surpreender seu perseguidor. Mas não havia ninguém onde esperava ver o homem, e de um banco da praça, sob uma sibipiruna, um velho o olhou, enfastiado. Desânimo. Não havia maneira de lidar objetivamente com o homem, de ter a sua existência comprovada por outros olhares, definida, compartilhada. Entrou no bar. "Azulão" seguia-o com o olhar, como se começasse a despertar e a recuperar sua agilidade, a disposição a bajular e a bisbilhotar infundindo-lhe energia. Foi até ele, pôs as mãos na cintura com pneumáticos e sentenciou:

— Você é filho do Paiva e da Cedúlia! — o olhar não permitia uma resposta negativa.

— Sou sim, senhor — ele respondeu, um pouco intimidado, porque o dono do bar sempre lhe parecera um tanto grande demais, o tórax de cantor de ópera, um bigode muito largo emendando-se às costeletas espessas, peludo, vermelho, hiperbólico. Como parecia mais vermelho e agressivo agora! Queria não olhá-lo, queria não ter consciência de sua densidade, de seu tamanho, de uma existência que parecia reduzir a sua a uma irrisão aparvalhada. Mas ele se aproximara e praticamente falava dentro de seu rosto, absoluto. Então, recuou alguns bons passos, estufou o peito e começou a cantar *"Por una cabeza/ de un noble potrillo/ que justo en la raya/ se afloja al llegar/ y que al regresar/ parece decir..."*. O freguês, até aí mudo, soltou um risinho, acendeu um cigarro, com ar de expectativa.

— Que é isso? — ele perguntou.

— Porra, nem parece filho dele...

— Por quê?

— Se fosse, saberia.

— O quê?

— Que este era o tango favorito do teu pai, boneco. Você se lembra do "Terremoto", né, Garcia? — disse ao freguês e ambos começaram a rir, rir muito, e riam ainda mais de sua expressão de ignorância. — Sabe, rapaz? Teu pai foi uma grande figura...

— Um grande gozador... — dizia o freguês.

— Ali, tudo era bem grande... — riu o cantor. — Vinha gente aqui pra comprovar. Carregava uma régua, media pra que todos conferissem. Ele se divertia. Nunca houve nada parecido na região...

— Quero beber alguma coisa...

— O quê? Um guaraná, um copinho de leite com groselha?

— Conhaque. Aquele...

— Caralho, parece que é herdeiro legítimo... — o homem o olhava, procurava os olhos do freguês, ambos pareciam cúmplices de algum intento de zombaria de que só podia suspeitar e isso o irritava horrivelmente.

Por que não saía dali? O pai era um assunto para ser esquecido. De que adiantara sondar tia Ema a respeito de sua morte? O corpo em decomposição, encontrado num canavial por um boia-fria que fora aliviar-se, sem perceber, bem sobre seus pés. O que não se dissera, o que ele não tivera que ouvir! — "o Alaor tinha que acabar em bosta...".

Era o fim de uma vida vergonhosa, ultimamente compartilhada com a dona de um boteco de uma vila distante, perto de trilhos abandonados da Douradense. Ele se arrastava pelas ruas de V. de dia, várias vezes preso por importunar senhoras da cidade a caminho da missa ou passeando no comércio, tentando forçar a porta da casa e enxotado pela tia com o socorro dos vizinhos, apanhando aqui e ali de tipos que se cansavam de suas provocações e tagarelices, um resto de gente deitado em bancos de praça, vivo e reconhecido como Alaor Paiva apenas no Carnaval, quando o Bloco da Garrafa Cheia lhe devolvia a honra de tocar surdo e vestir alaranjado e azul-celeste.

Pediu outra dose de conhaque, observado pelos dois homens, que pareciam incrédulos, esperando uma boa cena. "Azulão" meditava, olhando-o sem pudor, como se fosse um objeto com embalagem em língua estrangeira a ser decifrado.

Que espécie de diferença ou semelhança com o pai levava-o a achá-lo excêntrico ou engraçado? Mal se lembrava dele — parecia-lhe que sua infância fora a de um trancafiado, a chave da cela balançando nas mãos da tia, de onde lhe vinha um adorado cheiro de alho e salsa. "O marido da Duia nunca prestou, coitada. Tinha que morrer louca..." — era o que entreouvia nas falas dos vizinhos, dos visitantes bem-intencionados, dos parentes cheios de conselhos, advertências, cuidados, os mesmos que, pelas costas, em conversas que tia Ema não ouvia, mas ele captava — porque sempre estivera atento às frestas daquilo que ela vedava como abominação —, contavam as façanhas de zona e boteco daquele Alaor com uma admiração excitada, entre expressões de desdém e execração.

Era um caso perdido, claro, mas o que o irritava era que ele, sem dignidade alguma, parecia querer se avacalhar apenas para confirmar a fama, para entreter imbecis — aquelas cenas descritas lhe pareciam números de circo atrás do quais não havia nenhuma espécie de consciência. Envelhecia, tornava-se mais patético e inconveniente que divertido, precisava de dinheiro e, como nunca soubera fazer nada direito nem se preocupara em aprender, trabalhar estava fora de questão; convinha esquecê-lo. "Azulão" não precisaria lhe contar das noites em que o recolhera e alimentara ali, nos fundos, onde tinha o bilhar. Admirava-o. Era assim: havia sempre alguém disposto a sustentá-lo, a pagar por suas palhaçadas.

"Um cretino", pensou. Tirou a carteira do bolso, pagou a bebida e foi para a rua. Vontade de chorar e vontade de ferir alguém, matar de verdade — um homem, naturalmente, um desses muitos que estavam à toa e passavam rápido pelas calçadas, sempre melhores que ele, sempre mais seguros de seu lugar no mundo, provavelmente tranquilos em oprimir, sem remorsos na tarefa de esmigalhar almas, um dever de macheza, e, Deus, era pior ainda: ele os invejava. "Um merda." O xingamento à figura vaga do pai se desdobrava em sua cabeça. Precisava parar um pouco. Num lampejo, concluíra que precisava ir ao cemitério, mas sabia que não poderia andar muito — aproximou-se de um ponto de táxi onde havia um único automóvel, o motorista dormindo. Acordou-o. O homem resmungou e postou-se no volante.

Sabia onde era a carneira, bem para os fundos, longe do jazigo da família, onde sua tia nem tinha cogitado de admitir colocar o pacote repulsivo que lhe fora levado do canavial. Foi andando, não se importando de bambear — não havia ninguém à vista — e encontrou-a. O nome e o número quase apagados, quem visitaria isso? Talvez a tal mulher do boteco perto dos trilhos, em algum Finados. Estático, olhar para isso, olhar, olhar, olhar, para quê? Ajoelhado, não para rezar, mas para deixar-se cair sobre a carneira, esmurrá-la, chorando. E ficaria o resto do dia ali não percebesse a aproximação de gente. Levantou-se, procurou recompor-se, suspirou e disse a si mesmo, crendo-se limpo da imagem dele: — Grande filho da puta! — chutando terra sobre o bloco esverdeado. A seguir, procurou a saída, se aprumando: ninguém iria vê-lo cambalear. Não se parecia com Alaor Paiva.

15

Era preciso acompanhá-la a um ofício católico qualquer, ele preferia ficar em casa e o dissera, mas, como sempre, ela não o ouvira — queria mostrá-lo a algumas senhoras da Congregação, ao novo padre; com seu gosto apurado, julgaria um arranjo de flores que tinham feito para a Virgem na semana anterior. Trancara-se no quarto para que ela o esquecesse, mas, sete em ponto, fora buscá-lo, a voz docinha de quando precisava de um favor abusivo — como vencê-la?

Nela, diferente de em dona Graça, havia pouca disposição para perdoar, apesar do sangue. Ele pedira um tempo para se barbear, trocar a camisa, perfumar-se — ela não se aproximara dele o bastante para sentir o hálito que o condenaria de imediato, o almoço fora silencioso, a tarde ele a passara na cama, pesado, dormindo mal e sonhando com os bigodes do "Azulão", a carneira, o perseguidor a segui-lo por uma rua escura, sua sombra aumentando a cada passo e finalmente a cabeça tão alta quanto a torre da igreja de V., os braços tão compridos que as mãos podiam tranquilamente pinçá-lo na fuga e segurá-lo como um inseto pequeno, agitado, impotente.

Não, não queria sair, mas precisava de uma vontade bem mais forte do que aquela que tinha para opor-se à vozinha da tia, e, na rua, mão no ombro direito dela, parecendo conduzi-la quando era ele o conduzido, forçado a sorrir, a cumprimentar este e aquele, teve a certeza de revê-lo passando num grupo de fiéis, a estatura, a determinação inconfundível. Viu-o, não tinha dúvida, e perdeu-o de vista com raiva, porque vê-lo, terrível quanto fosse, era melhor que apenas cismá-lo, esperá-lo, sem saber quando e de onde emergiria. Conseguiu levar a tia às mulheres da Congregação e afastar-se discretamente quando se entregavam às suas conversas.

A cidade fresca, a noite boa para uma das velhas andanças. Tinha havido um tempo em que, apesar da sensação de presidiário observado em cada gesto, fora feliz: eram noites assim, com todos os sapos coaxando desenfreados, o cheiro de jasmins, os muros com alamandas amarelas para estourar nos dedos, o céu tão cerradamente estrelado, o ar tão aberto, as possibilidades de uma vida rica, de um encontro salvador, de um espesso afundamento em visões de outro mundo, fuga e redenção. Parecia-lhe que se tivesse ouvido uma voz, a única certa, a autorizá-lo, teria feito o que deveria fazer, mas era severo demais consigo mesmo, sentia necessário mortificar-se, amargar-se ao extremo para forçar seu Destino a revelar-se. A cidade, muito plana, monótona, sem maiores atrativos, ainda assim tinha mistérios em seu horizonte — era sempre possível imaginar-se afundado lá para além daquela linha que se sobrepunha às casas, os verdes-escuros de matos, sítios, extensões rurais que bem podiam ser outros mundos muito menos previsíveis.

O cine Tavares, ali. O que estava em cartaz? Nada. O cinema mal sobrevivia, arrendado por um forasteiro ou outro, com exibições esporádicas de pornôs, shows de duplas sertanejas, peças anuais de teatro amador, apresentações de academias de dança e ginástica, palestras de evangélicos. À porta, no escuro, a bilheteria trancada e uma foto apagada de uma loura de coxas grossas, vestida de cow-girl, três adolescentes fechando círculo para acender um baseado. Olharam-no e acharam-no inofensivo ou nada, continuando a cochichar e rir. Vontade de conversar. Inútil. Em algum dos bares, nunca no "Azulão", devia haver um Russo, e lhe parecia estranho, algo que o acusava de uma monstruosidade particular, isso de não ter tido amigos realmente próximos nesses tantos anos de V.

Que havia de errado nele? Saberia dizer quem eram todas aquelas pessoas, reconheciam-no, obviamente, mas sem uma curiosidade feliz e, se nunca mais houvesse retornado, não faria diferença, exceto para a tia; precisava mais da familiaridade do lugar que das pessoas, sem dúvida; aquilo era um hábito antigo, maligno, irremovível, um modo de viver que era o único que dominava, embora mal e mal, e isso resumia sua avidez de voltar para ali, de ficar. Uma estupidez, uma servidão. Esmurrou o ar, distraído, desatento ao fato de estar na rua principal.

Havia um lugarzinho novo na frente de um dos bicos da praça, com três ou quatro fregueses e um aspecto higiênico. Entrou e pediu uma cerveja. O dono era conhecido, certo Milani, dado a galã, goleador do V. Futebol Clube, muito evidente e cercado de amigos no footing, desejado por quase todas as solteiras, agora um quarentão gordo e casado, arrastando dois filhos barulhentos, o casal membro de algum Lions Clube, ambos sentindo-se perfeitamente aceitos e medonhamente ressentidos, fãs de Júlio Iglesias, talvez evangélicos, mas católicos, com muito mais certeza.

— Ainda na capital? Vida dura por lá, hem? — ele perguntou, olhando-o com certa inveja.

— É... Isto aqui parece que cresceu um pouco, não foi?

— Mesma merda. Comércio parado, todo mundo meio falido, não se iluda, fique por lá mesmo. Eu, se saísse, juro que nunca mais voltaria.

— Não pretendo voltar. — Mentiu, orgulhando-se de parecer corajoso por haver saído, e tinha sido mesmo coragem? fora por tão pouco tempo! O homem não precisava saber, ninguém precisava saber. Pagou a cerveja e olhou para a praça. Uma mulherzinha grisalha, de óculos, mas usando jeans e camiseta, magra, caminhava a seu modo lento e pensativo, falando baixinho, no meio fio; vivia ainda. Virou-se para Milani e ele já havia compreendido.

— Isso aí é patrimônio. Foi morar com o filho na capital, mas não se deu com a nora, parece. Voltou e tá morando lá ainda, na casa da Rua do Poço. — Por que o olhava daquele jeito? saberia de alguma coisa? — Tem muito moleque interessado. Uma vergonha, com essa idade... Sonsa. Não parece, olhe só, uma velhinha inocente... mas tá se oferecendo. Quem for atrás, come... Vem servindo gerações, iniciando muito menino de família. Sempre foi assim. Parece que a velhice não adianta, o fogo miserável não morre.

Viu-a entrar pela praça, afundar rumo ao chafariz com seu andar miudinho, ouviu assovios, um carro novo que passou sob exclamações e uivos dos adolescentes agrupados junto a um trailer de lanches, e, no fundo, os sapos, todos, nessa noite. Quis mais uma cerveja, voltou ao balcão, e Milani o analisava, tentando parecer alheio.

Uma imagem de Nossa Senhora de Aparecida lhe reapareceu — num nicho de madeira, envolta em celofane, as lantejoulas no manto azul-escuro. Mais abaixo, a cama, o balanço, os rangidos, e a mulher, que tinha tirado a dentadura, rindo. Não sabia como fora parar lá, no corpo que era o menos desejável possível, tábua ressequida, sem seios, sem nádegas, o cheiro do urinol sob a cama, um vasinho de arruda, pães secos e uma garrafa de cachaça das mais baratas, um criado-mudo com abajur e caixas de remédio, à entrada o capacho de tampinhas de garrafa.

Ela o vira despir-se nervosamente e achara engraçado, muito engraçado, que quisesse conservar-se pelo menos de meias, olhara, apalpara, medira e fizera a pergunta: "Filho do 'Terremoto'?". Ele não respondeu e ela pareceu divertir-se com uma lembrança só sua. Demonstrava curiosidade, comiseração. "Não precisa ficar preocupado, sabe? eu não me impressiono assim, sujeito que se mostra muito não faz bem o serviço, e, quando bebe então, pra nada adianta ser um jumento. Eu prefiro os mocinhos..."

Ela apagou a luz e ele procurou ser rápido, mas não era capaz de disfarçar a inexperiência e a mão da velha o conduziu. Nossa Senhora de Aparecida o fitava, severa, no escuro, o manto rebrilhava, ele arfava, tinha terror das mãos frias e ossudas que lhe pressionavam as nádegas, da vozinha com bafo de cigarro lhe pedindo mais. Fácil demais, a caverna, a largueza da carne equívoca, o mau cheiro. Uma vez só e, embora ela o olhasse com agrado, não tivera coragem de retornar. Mas, sentira-se orgulhoso naquela noite — ao sair da casa, empinado, precisava talvez de um cigarro na mão, o andar pela calçada era mais resoluto: um homem. Não precisava sentir-se tão abaixo dos outros, mas não chegava a ser um trunfo isso de tê-la possuído: qualquer um em "atraso" na noite podia fazê-lo, não havia porta mais aberta do que a daquela casa.

Mais cerveja. Quando decidiu ir para a rua, lembrou-se da tia, que com certeza achara companhia ou voltara sozinha para casa. Um cheiro conhecido o apanhou de súbito, na praça, próximo ao coreto. Maderas do Oriente.

O colo, a pele rosa da tia. O gesto com que ela arrumava o brinco, o dedo a corrigir uma sobra de batom no lábio, o sorriso e algumas palavras que não eram nada, apenas uma boca se movendo. Um dia sem dúvida fora bonita e, a certa altura, empenhara-se em deliberadamente ignorar encantos — servidora de um deus que era sobretudo antissensual —, mas restavam-lhe vaidades, principalmente quando aprontava-se para ir para lá, bem lá, aquela igreja, o lugar em que menos era preciso ter carne. Mostrar-se para Ele, o grande desdenhoso?

Por vezes, ficava olhando-a enquanto ela se olhava ao espelho, mas, um dia fora descoberto nele — um rosto além do dela, um claro susto, um flagrante inadmissível em sua mais que furtiva fruição de si mesma — e posto para fora do quarto dela com indignação: sua feminilidade constituía um sinal particular de fraqueza que não compartilharia com ninguém. Olhada pelo sobrinho, daquele jeito? Era coisa para não ser pensada, para ser completa e absolutamente esquecida. Tomou até mais de dois banhos por dia, na semana em que fora espiada. Perseguiu-o pedindo, exigindo que mostrasse as mãos, lavando-as seguidamente. Fez com que fosse à igreja e rezasse ao lado dela, empurrou-o para o confessionário, ficou por perto para verificar, depois, se cumpria de fato a penitência. Ajoelhado diante da escultura da Virgem, ele se divertia era pensando em outras coisas, supunha que a santa piscava para ele, recíproca, mas, fingia rezar e ia dizendo obscenidades, de tal modo que a tia não teria dúvida de que a boca se movendo estava repleta de palavras as mais bentas.

Precisava sentar-se num daqueles bancos, que pareciam tão distantes. Precisava conversar com alguém. Em seu caminho, um enorme sapo que o olhava, que o avaliava, não ousando saltar. Os curiangos voavam em círculos, silenciosos, sobre o chafariz dos querubins, cuja água com nenúfares e papéis boiando estava suja, muito suja. Por que não cuidavam disso? Deus, que sujeira interminável, quantas coisas nunca feitas, nunca iniciadas! O que estava precisando mesmo era dormir. A mulher que passara com Maderas do Oriente era só uma velha, das muitas que saíam da igreja e, encarquilhadas, passavam sem "boa-noite" e sem, Deus que nos livre, olhar para os homens que estavam nos bancos.

16

O quadro, que ela pintara quando moça e de que se orgulhava ainda (Placídio, expert em todas as artes, o elogiara), trazia a dama no terraço noturno, com trepadeiras, e o cavaleiro de colete e echarpe, fazendo uma saudação com a cartola, o céu azul da Prússia, o cavalo de um negro luzidio, em pose bravia, mas contido pela mão decidida, e a dama fazia como se atirasse uma das inúmeras flores da sacada. Sim, e um galgo latia para o cavaleiro. A cristaleira. O rádio, o toca-discos, que resistiram — afinal, tão pouco usados e tão obsessivamente cuidados. Do móvel cheirando a óleo de peroba subia a voz de Nat King Cole em "Las mañanitas", ela na cadeira de balanço, Rita a reclamar de um gato que virara a lata de lixo nos fundos, ele mexendo, saudoso, um tanto entorpecido, em pilhas de *Reader's Digest*, de *O Cruzeiro*.

Então, olhava para o retrato da mãe sobre a cristaleira, fechava os olhos. Tia Ema se enternecia, mas não contava mais do que aquilo: que Cedúlia cantava bem, que ousara tentar o rádio, mas, felizmente, recuperara o juízo e, em casa, esperara marido pacientemente, até que a "coisa" começara a rondar o quarteirão e ela sucumbira — apesar de todas as advertências. De que ele podia lembrar-se? Lá estava ela no caixão quando ele mal chegava aos nove anos; tinha histórico de internações e fugas de um manicômio de outra cidade; quando voltava, um bicho extremamente lerdo e de poucas palavras, às vezes saía da casa gritando pela rua, na noite, e era literalmente caçada por amigos da tia, que saíam em sua procura, jogando sobre ela uma toalha quando uma vez rasgara-se toda na praça, e bem em noite de procissão, com a cidade toda de olho.

Ela amava Libertad Lamarque e Gardel e também escrevia poemas, letras que alguém algum dia poderia musicar, mas a tia, o que fizera com poemas, letras, cartas que escrevera para o seu homem? — bem fácil adivinhar. Nada que remetesse a Alaor Paiva podia sequer ser pronunciado. As fotografias em que apareciam juntos tinham desaparecido, e ele encontrara aquele retrato de casamento, que só podia ter livremente para si longe de casa, por acaso, numa das faxinas drásticas que ela promovia ali, pela mão de uma empregada temporária. Se no rádio apontava a voz de Nelson Gonçalves — o favorito dele — o aparelho era imediata e violentamente desligado.

O que transcorria não era bem uma conversa, mas uma troca tímida de ideias que mal chegavam a ser formuladas, eles prudentemente não se olhavam, temiam qualquer coisa que levasse o assunto para uma luz precisa.

Reparou que a tia falava mais do que era necessário, de repente, e não com ele. Fitava um interlocutor invisível com hostilidade, erguia-se da cadeira de balanço e se encaminhava para a cozinha, ralhava com Rita, que, no entanto, nem estava por ali. Balançou a cabeça, voltou a uma página da *Reader's Digest* que contava a história de um cachorro que, na ilustração, saudava o dono chegando de trator a uma casa de madeira com gradis brancos, os pinheirinhos, a rosada esposa a limpar a mão no avental xadrez, um casal de crianças ainda mais rosado se precipitando para ir receber o pai. O cuco. A cristaleira, o elefante vermelho e os três filhotes em escadinha. Uma lagartixa deslizou, inesperada, para fora da caixa de revistas, o disco acabou e ele pensou em sair para beber. A tia facilitou, pedindo para que lhe buscasse uma lata de massa de tomate.

Entrou na mercearia, pediu uma cerveja e o dono, que era um pouco estrábico, não cessava de olhá-lo com um interesse que ele se irritava por não conseguir decifrar, e, como não tinha pressa, foi beber em uma mesa bem voltada para a calçada. Imaginou Russo na cadeira vazia do outro lado da mesa e fez um brinde a ele em pensamento, mas não estava à vontade, sentia um desejo incompreensível de fugir, reencontrar seu perseguidor e desafiá-lo ao que quer que fosse, ali, em seu território, "veremos se você poderá comigo, lazarento", traçava a linha divisória no chão com cuspe, lembrando que "lazarento", para a tia Ema, era o pior insulto que se podia fazer a alguém.

Dor de cabeça, compraria uma aspirina. O olhar do dono, cortando pedacinhos de linguiça no balcão, decididamente não o agradava. E teve medo. Que ódios a figura de seu pai não podia ter engendrado? A questão era que não podiam culpá-lo, olhá-lo daquele jeito só por ser um Paiva.

— O que foi aí?

— Não foi nada não, seu moço.

Levantou-se. Sentia-se forte:

— Você me olha de um jeito que eu não gosto... Não sei o que foi que eu fiz. O que há? — O outro recuou para uma prateleira, olhou para a porta, de onde surgiu um homem um tanto mais alto, sem camisa, lambendo tranquilo um caqui. Trocaram sinais, sem parecerem muito abalados. Terminada a fruta, limpando a boca, pôs as mãos na cintura e esperou que ele dissesse mais alguma coisa; o dono da mercearia, lentamente, passou para de trás do aliado, sussurrando, sem deixar de olhar para a sua direção.

— Eu não quero brigar, escutem. Eu só quero saber por que me olham tanto...

— É proibido olhar?

— Não, não é isso. É que... — tremia, o copo lhe caiu e os dois riram. O comedor de caquis era muito forte, exibia seu tórax peludo e musculoso com uma satisfação evidente, estava deliciando-se com seu embaraço, sua tremedeira, e então ele se lembrou da sala de aula no primeiro ano do ginasial, dos tipos briguentos com os quais não se atrevia a manter qualquer espécie de companheirismo, procurando fazer-se amado pelos professores para que o protegessem, o dispensassem do convívio com os grupinhos declaradamente inimigos de sua fragilidade, de suas ótimas notas, sua subserviência, seu silêncio orgulhoso e sua esquivança. Repetidamente a tia ia ao ginásio pedir aos diretores que tivessem compreensão, tratava-se de um menino doente, especialmente sensível, não estava bem que "desclassificados e roceiros" se aproximassem. Num lampejo, julgou que esses dois estivessem lá, no amorfo hostil das carteiras ao fundo, irmãos ou primos, e houvessem alguma vez planejado vingarem-se dele, do que ele simbolizava. Ou, quem eram? Aproximavam-se, ele não saía do lugar, não estava disposto a deixá-los julgarem-no assim tão fraco, apanhou a garrafa de cerveja, quebrou-a e sustentou-a, a mão esquerda agitando-se para que não avançassem.

— Sossega, Paiva! — ser chamado pelo sobrenome lhe dava um arrepio.

— Que é que vocês vão fazer?

— Ninguém vai fazer nada... — disse o dono da mercearia, mas olhava para o outro com um meio sorriso, como se fosse fácil demais desarmar essa caricatura de valente.

— Vocês não me levam a sério. Por que vocês riram?

— Por nada. É proibido rir?

— Não sou idiota. Estão pensando o quê?

Um pontapé no estômago. Depois, o dono da mercearia puxou-o para trás do balcão, enquanto o outro lhe chutava as pernas, nádegas, o que atingisse, e um, dois baldes de água foram derramados na cara; empurrado para a rua, ao sol de dez da manhã, gente se aproximando para conferir a origem do barulho, rindo de sua roupa encharcada, de sua dificuldade para mexer-se, todo o corpo lhe doendo e o agressor encostado à porta, começando a comer outro caqui.

Não podia apresentar-se daquele jeito à tia. Entrou devagar, procurando não fazer um ruído, sua janela estava aberta, era pulá-la, podendo trocar-se no quarto, talvez dormir um pouco. Quem era essa gente com quem vivera tantos anos, por que o tratavam como um desgarrado ou um infrator de regras inflexíveis e o castigavam como se outra coisa não lhe fosse devida, como se ele tivesse que aprender alguma coisa que estava longe de poder dominar ou mesmo querer? A satisfação do homem forte e seu caqui. Por que era tão fraco, por que se atrapalhava e reagia tão inabilmente? Quais eram as regras, afinal? Parecia-lhe, então, que seu pai as dominara muito bem, o que não o tinha impedido de morrer estupidamente. Não tinha que imitá-lo, mas, bem, sendo como era, não era nada tampouco.

Batidas na porta. Procurou os sinais da agressão no

espelho, concluiu que estava passável. Disse um "já vou", sabendo que não poderia ficar, não por muito tempo, que a tia logo descobriria suas saídas para beber e saberia do vexame na mercearia. Com aquela argúcia voltada para as minúcias de toda baixeza explícita ou oculta, diria silenciosamente: "Você tem sangue dos Paiva, você está condenado", a que ele não poderia objetar nada. Quanto tempo até que ela o julgasse? Poderia ser agora mesmo, no almoço.

17

Se pudesse consertar alguma coisa — isso, por exemplo, o irremediável amarelo dessa parede, os baldes encostados à goiabeira, a pilha de tijolos onde uma corruíra saltitava, e se sua vida tivesse sido outra! Queria estar ali, quieto, no quintal, mas já não havia consolo, alguma coisa se perdera, a vida se pusera em movimento e não sentia mais a paz que lhe parecera a única possível. Não havia como se esconder: o que via era só o que via e nada lhe oferecia um canto onde pudesse não ser, onde sua identidade não o interrogasse, onde não pensasse em ameaças e na maneira mais certa — mas impraticável — de rechaçá-las. Algumas galinhas soltas, um vizinho que ria e falava alto, com sotaque italiano — se olhasse do alto do abacateiro, nada de mulher nua e deixando-se olhar, mas na certa algum velho italiano vermelho cortando e comendo fatias de salame e cuspindo de lado, hostil. Uma impressão de engodo, ruína, escárnio. Era ir para a rua, para o centro, beber quanto pudesse.

Para onde ia, na verdade? Seu andar o levava mais para fora da cidade, para as bordas com chácaras e casas esparsas, o declive para o ribeirão do Bagre — revia-se atravessando uma pinguela, medroso da corrente lá embaixo, do adensamento e da subida bufante das águas depois dos temporais. Em todos os sonhos, todos os rios eram esse, toda a dificuldade consistia em atravessar a pinguela, chegar são e salvo do outro lado.

Alguém que não conhecia estava lá embaixo agora e ele o olhava, protegido pela sólida ponte com murada recém-pintada de azul. O sujeito arregaçava as calças e divertia-se refrescando os pés. Convidava-o a descer. Não. Perguntou-lhe se havia algum bar por perto — o homem fez um sinal para que seguisse em frente, rindo. Positivamente, ria-se demais. Por que tudo era tão calmo, regular e aceitável, para não dizer divertido, para as pessoas? Não percebiam o erro fundamental, o peso de cada gesto, a condenação? Teve vontade de fazer um gesto obsceno para o tipo, que dava gritos de prazer com a água, já sem olhar para cima. Ventava muito, e ele desejava que chovesse, que o entretenimento do homem fosse curto. Poucas nuvens. O bar.

Era um cubículo onde se apertavam sujeitos suados, saídos das casas de uma vilinha próxima, bicicletas à porta, a mulher servindo cachaça com uma criança no colo. Estava bem vestido, perfumado, e devia parecer fino demais para o ambiente — pediu a cerveja e foi bebê-la ao ar livre, em pé, olhando para o céu, onde a movimentação anunciava chuva, decididamente. A dona do boteco, solícita, orgulhosa de um freguês de qualidade, lhe apareceu com uma cadeira. Sentou-se.

Lembrava-se. A incompreensível beleza desse lugar, a satisfação que lhe dava simplesmente estar próximo a pastos e eucaliptos, ouvindo os anus pretos e brancos em voos baixos, a sensação de que viver não precisava ser uma horrível sucessão de atos sem explicação e desejos sem possibilidade outra que o desapontamento — seria possível apenas contemplar, contemplar e esquecer; no esquecimento, alguma coisa aconteceria, toda ela certa, toda ela uma flor de exatidão, de naturalidade bem-aventurada.

Bebedeira. Alegrava-se que as nuvens ficassem mais e mais escuras, cheias. A dona do boteco vinha buscar as garrafas e deixava outras. Depois, era noite, e alguém o empurrava para uma cama, forçava-o a estirar-se, ele reagia, dizia que não era preciso, mas cedia, ouvindo a chuva cair enorme, toda, sobre um telhado visível — o quarto sem forro, moringa, guarda-roupa velho, uma lâmpada de luz fraca balançando, um pequeno espelho sujo, muitas gaiolas nas paredes, um canto solitário e sobressaltado de algo que talvez fosse um pintassilgo. Um relógio de parede, grotescamente enfeitado com uma paisagem de moinho holandês, dava oito e vinte. Dormiu.

Não sabia quem era mais temível — "Cascudo", que o conduzia para a borda do poço e o fazia olhar para o fundo, para muito fundo, murmurando-lhe doçuras dementes sem ter uma boca — na verdade, nem tinha rosto, mas era "Cascudo", sem sombra de dúvida; um professor, seu Clemente, que no quarto ano de primário o impressionara pela sua habilidade de solar o pistom na fanfarra e comer ovos crus que alunos da roça lhe levavam, e agora o ameaçava com uma régua daquelas longas e pesadas, pedindo-lhe as mãos, que ele as exibisse, que mostrasse à classe o que de tão importante escondia nelas; o ribeirão do Bagre, o poço piscoso onde a sucuri se escondia — água parada e um verde sujo, respingos, borbulhas suspeitas, e ele incapaz de mexer-se, à espera de que a cobra emergisse, só podendo contar com que ela fosse devorá-lo, seu tamanho era incalculável, sua sorte estava mais que selada. Seu pai, alto, altíssimo, regava um campo arado com urina, prometendo que nasceria ali a melhor roça de milho da região, a tia se abanando com o leque no cine Tavares — viam juntos *Imitação da vida* e ela suspirava por John Gavin, mordendo um bombom, mas queixava-se de que o licor era amargo, uma sombra conhecida a observá-lo no centro da cidade, da porta do bar do "Azulão", onde se encostara com aquela displicência máscula inconfundível.

— Água, água! — gritou.

A dona do boteco acorreu, sacudiu-o, divertida, e ele começou a compreender onde estava. Ela lhe passou a moringa, que ele devolveu quase vazia. Olhava-o, complacente.

— A chuva está passando — ela disse, como se aquilo fosse uma oblíqua piedade.

— Verdade. Eu preciso ir.

— Vai conseguir chegar em casa, moço?

— Acho que sim... — ergueu-se, apertou as têmporas, gemeu baixo. — A senhora, por favor, me dá a minha roupa...

— Roupa? Mas, está vestido, moço!

— Verdade. — Cheirou a camisa. — Minha tia... vai achar que eu bebi. Não importa. Meu Deus, tenho que pagar a senhora! — procurou a carteira, ela o observando tranquila.

Saiu para o ar completamente lavado, pontos de luz entre as árvores, ruídos de televisão ligada, e a mulher, que fez questão de acompanhá-lo ao portão e lhe dizer o nome, pedindo para que voltasse. "Agradeço muito", murmurou, embaraçado, e desceu rumo à ponte sobre o Bagre. Tropeçava um pouco, mas o ruído da água alta, a intensidade do rio, fez com que se detivesse. Não teria coragem de atravessar, seria preciso fechar os olhos, tapar os ouvidos, confiar na solidez dessa ponte, na verdade nova e larga o bastante. Foi o que fez, chegando do outro lado depois do que lhe pareceu uma travessia muito longa, as cercanias escuras, um pio de ave ribeirinha, longe uma sanfona. Tempo para pensar um pouco, para desembaçar os óculos com um lenço que lhe saiu amarfanhado do bolso. O denso do ribeirão — Deus, Deus, era preciso não olhar diretamente, tomar distância, sentir terra firme, certificar-se de que aquilo sob os pés era terra, terra, terra. Uma figura, movendo-se no escuro, surgiu lentamente e colocou-se a seu lado:

— Boa noite. Indo pra cidade também?

— Boa noite. — O rosto era neutro. Ainda assim, não acreditava que o que estivesse sentindo fosse alívio. — É. Vou indo...

O rapazinho tirou um cigarro do maço, bateu-o na palma da mão, quis fogo.

— Todo domingo eu vou ao Galpão... tomar umas loiras, pegar umas perversas — riu.

— Onde é isso?

— Logo ali, mais pra perto do estádio. O senhor não é daqui, não?

— Sou. Mas faz tempo não venho... — Subiram juntos, e ele, à medida que o outro contava alguma coisa que nem merecia ser ouvida, sobre distrações do domingo, sentiu a informação chegar-lhe como um raio; nervoso, era preciso dispensá-lo, andar mais à frente, correr, se preciso.

— Escuta, não me leve a mal não. Eu preciso ir.

— Mas, que é que houve?

— Tenho um compromisso.

18

Tinha perdido um domingo de muitos festejos na cidade, um desfile de rodeio, missa e quermesse em louvor ao padroeiro em torno da igreja. Vestida à Scarlett O'Hara, girando uma sombrinha muito estampada, Cassandra Coutinho passara em charrete, saudando o público, sorrindo o tempo todo para fotografias, ao lado de seu vigilante Terêncio, soturno e dado a não olhar para os lados. As tropas de cada fazendeiro, os cavalos de raça especial, as vacas premiadas, os imensos porcos, foram passando para a multidão pasma. Rojões, buzinaços, cartazes pregados nas árvores, bandeirolas em certos quarteirões com trânsito impedido, e ele andando por aquilo, montículos de estrume começando a secar, bexigas de muitas cores penduradas em árvores, latas de cerveja aos montes, rolando pelas ruas, chutadas por moleques. Ia trombando em turmas, levas em ordem contrária que vinham ululando, desviava de carros que passavam velozes e dispostos a assassinar pedestres, com jovens aos gritos, muitos tipos jogados nas ruas, nos bancos da praça, alguns correndo da polícia com as calças arriadas e provocando risadas, e, parando num bar, ouviu os restos do acontecimento ainda ecoando nas conversas dos muitos cachaceiros que o frequentavam e dos meros circunstantes, como se o cheiro da pólvora dos muitos fogos soltados pela manhã ainda vagasse por ali, como se a excitação toda não houvesse desaparecido e o excepcional do dia merecesse comentários incansáveis.

"Onde esteve?", a tia foi imediatamente lhe perguntando, quando chegou, e, olhando para as suas roupas, para o seu rosto confuso, fez uma carranca de desgosto tão completa que ele baixou a cabeça, mas não iria, dessa vez, dar explicações, ceder àqueles apelos — ela batia no peito, balançando a cabeça triste e incrédula, como que para lembrá-lo, adverti-lo que o coração de uma mulher na idade em que estava não podia ser submetido a tantas contrariedades; ia causar um ataque cardíaco no único ser que o amava neste mundo, sua única família? Decidiu levantar a cabeça, não olhar para a sua perpétua credora, suspirar, entrar na casa, contornando a figura que se postara junto à porta como um guardião ofendido. Ela o seguiu, falando, execrando, lamentando, e ordenou:

— Vá tomar um banho. Um resto de jantar, eu requento, melhoro. Com pimenta, como gosta.

— Não preciso me lavar.

— Não sei por onde andou... — e baixou os olhos para pontos de sua calça, como se procurasse certos sinais para ter suas piores suspeitas confirmadas; rondava-o, cercava-o para tentar se aproximar como que distraidamente, para sentir-lhe bem o hálito de álcool e poder repreendê-lo, mas ele percebia as tentativas e dava recuos, fazia contornos estratégicos; mudos, ambos executavam uma dança de intimidação e negaceio.

— Uma noite e um dia inteiro fora. Pensei em chamar a polícia — ela disse, entre dentes.

Não valia discutir. Foi para o quarto, despiu-se, trocou a roupa por algo mais displicente, olhando-se no espelho devagar e concluindo que nada em sua aparência fazia crer que precisasse tão drasticamente de banho. Ergueu as mãos para bem perto dos olhos, examinou-as lentamente, como que hipnotizado pelos dedos, articulações, virando-as, simulando garras. Nenhum sabonete as tornaria mais alvas e sadias. Arreganhou os dentes, simulou tórax estufado, apalpou os músculos nunca desenvolvidos — sua vida fora marcada por uma recusa obstinada a não procurar em si nada de vigoroso, como se esse tipo de atitude não coubesse em seu temperamento mais para abúlico e de uma tibieza aristocrática. Que presunção! Sentiu que nunca a questionara devidamente, nunca fizera justiça ao animal precioso que podia trazer em si.

Passou a mão pelo rosto, ajeitou o cabelo. Aquela voz da dona do bar parecera-lhe particularmente boa, havia ainda no mundo quem o achasse bom, bem apanhado, respeitável. Ao lembrar-se do homem e do compromisso a que não tinha como se esquivar, achou que precisaria de calma. Sentar-se para pensar. Levantar-se para buscar alguma coisa. Não, nada. Andou em círculos pelo quarto, não achando nada em que se apoiar no momento, mas sentindo certa exaltação e uma oblíqua gratidão por ser quem era, por ser dotado de uma identidade precisa, por contar com sua inteireza, fosse como fosse. Sem camisa, foi à janela, abriu-a, deixou que o forte ar da noite entrasse por ele todo, sentindo-se revigorado pelo cheiro fresco das folhas do abacateiro às escuras, respirando fundo.

Acendeu um cigarro e pensou que era preciso sair, que encontraria um bar nas proximidades. A sala vazia. No corredor, lenta, a tia apontou, olhando-o com estranhamento, sem dizer nada, constatando que mudara de roupa e que estava parado há algum tempo diante do retrato da mãe na cristaleira. Ela arriscou:

— Vai sair outra vez?

— Vou. Não demoro.

— Querendo, pode até nem voltar, não é mesmo? — disse, com uma mágoa que parecia ter funduras que ele jamais poderia medir. Ele não a olhava, mas imaginou que ela simulava, lá onde estava, o enxugar de um canto de olho.

— Posso. Mas, voltarei.

— Não me deixe tão sozinha, por favor — ela disse, sentando-se, desabando numa cadeira de palha. Alarmado pelo que lhe parecia agora uma nota de desespero e de fragilidade declarada naquele pedido, ele virou-se e pensou em ir até ela, pôr a mão em seu ombro, alisar-lhe a cabeça. Mas, decididamente, era melhor sair. Precisava de um bar, de uma atmosfera em que pudesse revigorar-se mais ainda, ficar livre de julgamentos, misturar-se, falar — a besteira, a impropriedade que fosse — e ser ouvido. Encontrar Russo, por algum milagre totalmente fora de hipótese, seria perfeito, numa noite como essa. Poderia abraçá-lo, senti-lo, sim, perto, irmão, sujo quanto fosse, viesse ele de onde viesse, primário, roto, sórdido. Mas outros bíceps, outros olhares, outros braços, outros sorrisos, brindes, sarcasmos, seriam possíveis.

Mergulhou na rua, e, ao voltar, trazia uma garrafa sob o braço.

19

Entrou, com passos bem lentos e calculados, tirando os sapatos. Uma corujinha piou e voou por sobre a varanda — ele viu a forma branca abrir as asas contra o céu compactamente negro. A tia devia estar no quarto, dormindo pesado, roncando, o rosário entre as mãos cruzadas sobre a barriga, no criado-mudo o copo d'água e a palma benta de Domingo de Ramos. Chegou à porta, constatou-a disposta exatamente assim. Era asquerosa ou ele sentia pena? Moveu-se de meias pelo corredor. Nele, a pintura da casa sofrera mais que em outras partes. Teve o cuidado de trancar todas as janelas, verificar todas as portas. Sentou-se com a garrafa na cama, trêmulo, a esvaziá-la pelo gargalo, sentindo-se quente e alheio, mas crente de que cada ruído era percebido e de que sabia sua origem lógica. Olhava para o relógio. A bexiga lhe apertava, precisava aliviar-se, trombava em alguma coisa no banheiro e temia que a sombra lhe aparecesse na claridade do vitrô contra o qual se erguiam os frascos de xampu.

Ninguém lhe apareceria; vez por todas, isso teria que parar de atormentá-lo, e era questão de deixar passar a hora marcada. Novamente no corredor, estacou: parecia-lhe que era ali que devia acontecer o confronto, se confronto houvesse. Mas, nada de incomum podia ser esperado daquele trecho insignificante de parede e piso, um globo branco pontilhado de insetos difundindo uma luz fraca lá do forro. Voltou para o quarto, sentou-se na cama. Seria talvez questão de rezar. Diabo de concessão, não, não, era um homem, absurdo, a situação nem tinha tal gravidade.

Batidas na porta da frente. Não ouvi-las. Mais altas. A tia se movia em seu quarto, preparava-se para ir atender. Não. Ouviu-a no corredor, reclamando, estranhando. Saiu, alcançou-a.

— Quem será a esta hora? Rita... Esqueceu alguma coisa aqui, com certeza. Já vai.

— Tia, é melhor não abrir...

— Por que não?

— Não sei. Melhor não...

Ela abriu. Duas mulheres da Congregação. Ele cumprimentou-as, voltando para o quarto, para constatar que não havia mesmo razão para pânico. O que quer que ele pretendesse, definindo as onze horas, não seria assim tão horrível. Voltou a tremer, mesmo tranquilizado. Estupidez. Precisava era armar-se. Sabia que não havia um revólver na casa, mas a cozinha estava livre e um facão a tia com certeza teria em sua gaveta de talheres. Achou-o, mas embrulhado em um guardanapo sobre o fogão de lenha, ao lado uma tigela com pedaços de frango cheirando a alho e limão. Enfiou-o na cinta e voltou ao quarto, estendendo-se na cama e ouvindo as vozes das mulheres que tagarelavam e despediam-se, mas voltavam a tagarelar e a despedir-se sem irem embora. Apertou o cabo do facão junto à barriga, esperou. Quem lhe apareceu foi a tia que, da porta, perguntou-lhe se estava bem. Queria a garantia de que ele dormiria, parecia apreensiva, menos por afeto que por um desejo de que tudo na casa, ele incluído, ficasse numa paralisia adequada.

Uma vez fora forte, fora astuto; havia um vizinho, um Luisão que era anormalmente alto, branquelo, e, tranquilamente cruel, esmagava as cabecinhas dos pardais que apanhava no alçapão, destinado a outros pássaros, com um martelo, punha gatos para lhe fazerem tração puxando tijolos, além de, vez por outra, escolher algum moleque fraco e medroso das imediações para vítima. O escolhido tinha a testa marcada por saliva e passaria um tempo indefinido tendo que obedecê-lo em todos os seus caprichos, até que ele decidisse dar por encerrada a perseguição lá num dia de seu inteiro arbítrio. Na sua vez, comunicara à tia, mas ela não parecia levar a sério o seu medo — Luisão era um pouco esquisito, sem dúvida, mas de boa família.

Então, tivera que suportá-lo ordenando que fizesse isto ou aquilo ou que se abstivesse, "café com leite", de certas brincadeiras. Não lhe ordenava nada de violento, mas era odioso o prazer superior com que o olhava, a maneira como deixava claro o seu domínio e saboreava a sua prepotência, proibindo-o até mesmo de levantar-se ou emitir uma palavra, um som, em rodinhas noturnas de esquina. Ele se cansava e precisava, silenciosamente, vingar-se, mas mal tinha coragem de sair de casa, temia encontrá-lo e ser obrigado a alguma tolice — ficar paralisado por quinze minutos por ele contados no relógio, por exemplo. Uma noite, no entanto, viu-o lá fora, no poste defronte a casa, cercado de admiradores ou medrosos; lentamente, saiu do quarto, achou uma pedra e esperou, como sabia que ele acabaria fazendo, que se encostasse ao seu muro. Não seria visto. Quando ele encostou-se, bateu-lhe a pedra na cabeça com toda a força possível. Só lhe ouviu o grito.

— O Luisão vai morrer, vai morrer. — Voltou para dentro, gritando, atirando-se nos braços da tia. — Eu matei ele!

— Meu Deus, o que é isso? — ela o sacudia. Não fora nada tão dramático; talvez a pedra não fosse tão grande ou aquele fosse um crânio particularmente duro; ele aparecera sangrando para a avó, que fora conversar com a tia, uma aspereza ou outra fora trocada, mas tudo acabara com alguns curativos e uma boa temporada de carrancas e janelas batidas — eram frente a frente — entre as duas mulheres. O importante fora que Luisão passara a olhá-lo com respeito, com medo até, como se não conviesse mais subestimar a capacidade de ódio que havia nele.

— Forte, forte... — tocou os braços, procurou na flacidez o rijo dos bíceps de algum daqueles modelos de musculação, nada, e voltou ao facão, que apertava, apertava, olhando para a janela, para o forro.

Muito mais tarde, convencido de que o pior passara, foi para a cozinha, abriu a porta que dava para a varanda dos fundos, saiu para o cheiro de árvores molhadas e o amplo da noite, enxotou um sapo que lhe saltara aos pés, saindo de trás de um vaso de espadas de São Jorge. O avanço dos ramos do maracujá pelas grades do tapume. O tanque de roupa.

A sombra aguardava, estática, num canto não muito distante do abacateiro. Tocou o facão, alisou-o, sem mover-se, e olhou para o homem, que não dava sinal de inquietação alguma, mantendo aquela superioridade física indiferente que tanto o irritava. "O que é que você quer?", gritou. Repetiu. Nenhuma resposta. Mudez, um corpo compacto, uma presença fixa; parecia uma silhueta recortada, inverossímil, se não se mexesse de vez em quando, se não tivesse a substância, a respiração de um ser. "O que é que você quer? Fala, por favor!" Passou do grito ao berro, dando socos na mureta da varanda, puxando-se os cabelos; depois, como se nada pudesse ser feito para comover seu perseguidor, apalpou o facão e desceu para o quintal sem largá-lo, indo em direção a ele.

— O que é que você quer? Tanto tempo me seguindo, desgraçado! Preciso de paz, entende? não entende? fala, pelo amor de Deus!

O outro nada falava. Mantinha-se distante e parecia decidido a permanecer imóvel indefinidamente. Ele erguia o facão, mas o homem não parecia temê-lo, embora não se aproximasse. Sem deixar de segurá-lo com força, decidiu ficar mais calmo, sentou-se — não era melhor desistir de entender, entregar-se ao que estava acontecendo, simplesmente? Pôs o facão ao seu lado, olhou para a noite, que era de pouca lua, e viu-o também sentar-se numa pedra mais adiante, ao fundo o escuro das muitas árvores como que à espera, um trecho de céu com duas ou três estrelas baças. Ele o esperava, ele era uma certeza compacta, alheia a qualquer esperança.

Virou-se, como que avisado de que podia estar sendo vigiado, e viu que, de uma janela, a tia o olhava — o mesmo olhar de preocupação com que saía em sua busca quando ele se enfiava por aquele quintal e não lhe aparecia. Estranhava a quietude. Olhava. Não demoraria a chamá-lo para dentro da casa, mas, dessa vez, ele decidira: não.

Não. Era preciso tocar o homem, e, ele reagindo, lutar, de mãos limpas. Teria que lutar, lutar até o limite de suas forças, para fundir-se àquele escuro de formas muito mais desenvolvidas que as suas, para absorvê-las, para consumi--lo, extenuá-lo, e com um berro completo, saído de suas vísceras, de seus escombros, da sua respiração quase pelo fim, erguer as mãos para o alto, bem alto, proclamar que o tinha agora em si, que os dois eram agora um só — aquele que vencera.

Depois, daria as costas para a janela, que a tia fecharia lentamente enquanto ele seguiria para o mais fundo do quintal, arrebentando cercas, pulando muros, entregando--se às promessas do breu.

SOBRE O AUTOR

Chico Lopes nasceu em Novo Horizonte, SP, em 1952. É escritor, pintor, crítico de cinema e literatura. Em 1992, mudou-se para Poços de Caldas, MG, e desde 1994 trabalha no Instituto Moreira Salles como programador e apresentador de filmes. Como escritor, publicou os livros de contos *Nó de sombras* (2000), *Dobras da noite* (2004) e *Hóspedes do vento* (2010). Escreve regularmente nos sites *Verdes Trigos*, *Verbo 21* e *Germina*. *O estranho no corredor* é sua primeira novela.

Este livro foi composto em Minion pela
Bracher & Malta, com CTP do Estúdio
ABC e impressão da Bartira Gráfica e
Editora em papel Pólen Soft 80 g/m² da
Cia. Suzano de Papel e Celulose para a
Editora 34, em outubro de 2011.